JEANNE LOISEAU

Fleurs d'Avril

POÉSIES

PARIS
ALPHONSE LEMERRE, ÉDITEUR
27-31, PASSAGE CHOISEUL, 27-31

M DCCC LXXXII

Fleurs d'Avril

JEANNE LOISEAU

Fleurs d'Avril

POÉSIES

PARIS
ALPHONSE LEMERRE, ÉDITEUR
27-31, PASSAGE CHOISEUL, 27-31

M DCCC LXXXII

Fleurs d'Avril

PROLOGUE

FLEURS entre toutes chéries,
Les premières aux prairies,
Les premières dans les bois ;
Douces corolles timides,
Qui parez les sols humides,
Des neiges encor tout froids;

Votre grand charme est peut-être
D'oser vivre, d'oser naître
Dans la pluie et les frissons :
Car, de larmes inondées,
Vous recevez mille ondées
Pour un rayon sur vos fronts.

Mes vers n'ont point d'autre grâce.
Avril capricieux passe,
Il faut en cueillir les fleurs.
Mon printemps d'azur et d'ombre,
Dans ce livre, miroir sombre,
Met son sourire et ses pleurs.

Mon Livre Bleu

Je t'ai retiré de la vieille armoire,
Précieux grimoire,
O mon livre bleu !
Et je veux, ouvrant tes pages que j'aime,
Me trouver moi-même,
Et rêver un peu.

Voici bien encor chaque confidence
Qui, depuis l'enfance,
Dans l'ombre a dormi.
Mieux que moi souvent tu les as gardées,
Mes jeunes idées,
O fidèle ami !

Combien autrefois m'auraient fait sourire
Que je ne puis lire
Sans pleurs dans les yeux :
Tant semble avoir pris de mélancolie
A travers ma vie
Leur écho joyeux !

J'en retrouve aussi dont la foi naïve
M'arrache, pensive,
Hélas ! un soupir...
Mais, dans tes feuillets, il n'en est pas une
Dont l'ombre importune
Me fasse rougir.

Ce sont quelquefois de ces accents vagues,
Tels que ceux des vagues
Qu'un alcyon fend,
Qui peuvent monter dans la solitude,
Simples, sans étude,
Du cœur d'un enfant.

Ce sont plus souvent des rêves de gloire ;
Leur vive mémoire,
Encore aujourd'hui,
L'étonnant soudain, fait croire à mon âme

Qu'un éclair de flamme
Sur sa route à lui.

Plus tard, c'est la voix, si tendre et si pure,
Dont en moi murmure
Un premier amour.
O mon livre bleu! voilà ton message...
Mais ta blanche page,
Que sera-ce un jour?

Paysage de Mai

Mai sourit, de rayons prodigue,
Sur les champs de jeunes blés verts,
Sur les prés, où l'œil se fatigue,
Ébloui par leurs tons divers.

Dans la touffe de trèfle rose
Éclate un bouton d'or en feu;
La marguerite, large éclose,
Est auprès du liseron bleu.

De tous côtés la terre blonde
Se montre nette et de niveau,
N'attendant, pour être féconde,
Que le don d'un germe nouveau.

Au flanc des collines, barrière
Élevée à notre horizon,
Se creuse la blanche carrière,
D'où va naître quelque maison.

Le sentier poudreux se dessine,
Courbé par un bouquet de bois.
On sent un parfum d'aubépine,
On entend bruire des voix.

Et la campagne est solitaire ;
Ce chaud paysage d'été
Est plein du rêve et du mystère
De quelque monde inhabité.

Dans sa demeure close et fraîche,
Le paysan, les membres las,
Fuit un instant l'haleine sèche
Qui flétrit les derniers lilas.

Mais parmi l'herbe déliée
Où commence le sillon noir,
Une charrue est oubliée :
Voici la vie et le devoir.

Paysage d'Octobre

OCTOBRE finit : dans l'allée,
La couronne de la forêt,
Jaunie et flétrie, est foulée
Sous le pied du passant distrait.

A cette parure enlaidie,
Dépouille des beaux jours défunts,
Par moments la brise tiédie
Vient dérober d'âcres parfums.

Dans la plaine, où flotte et se pose
Un touchant et dernier rayon,
Le laboureur grave dispose
La charrue au bout du sillon.

Sur un peuplier, malgré l'heure,
Des feuilles frémissent encor ;
Un soleil pâle les effleure,
Et l'on dirait un arbre d'or.

Les vignes courent, avalanches,
Du haut des coteaux jusqu'en bas,
Et dressent dans les brumes blanches
Leurs milliers de noirs échalas.

Au loin passe une silhouette
Au mouvement discret et lent :
C'est un chasseur, dont le chien guette
Le lièvre en son gîte tremblant.

Les prés que l'humidité ronge
Et colore d'un brun sanguin,
Portent en ligne qui s'allonge
Les meules hautes du regain.

Et, comme une âme désolée,
Là-bas fuit dans le ciel profond
La silencieuse volée
Des hirondelles qui s'en vont.

Le Crépuscule

Lorsque la nuit descend, au fond des cieux limpides
Je crois saisir le bruit de ses ailes rapides,
Et je penche la tête afin de l'écouter.
C'est un son perceptible aux sens ; pour en douter,
Il faut n'avoir jamais contre le tronc d'un saule,
Seul, un soir de printemps, appuyé son épaule.
Un bruissement vole alors sur notre front ;
Ce n'est pas le refrain que les broussailles font,
Et ce n'est pas la voix du ruisseau ; les cigales,
Qui lancent tristement leurs notes inégales,
N'ont aucune partie en cet orchestre-là,
Et le zéphyr non plus n'y donne point le la.

C'est une très profonde et très vague harmonie ;
Elle descend d'en haut, de la voûte infinie
Du ciel ; et le silence, un silence complet,
L'accueille, comme si c'était Dieu qui parlait.
Nul accent n'ose plus s'élever de la terre ;
Les mille voix d'en bas ne peuvent que se taire
Quand les airs tout à coup s'emplissent de ce bruit,
Qui n'est que le frisson des ailes de la nuit.

Cela dure un instant. Lorsqu'elle s'est posée,
Elle, la nuit pensive aux larmes de rosée,
Immobile, inclinée, elle écoute à son tour
La terre qui tout bas lui parle avec amour
Dans la langue par ses étoiles bien connue.
Mais rien ne vaut pour moi l'heure de sa venue.
Rien ne vaut ce respect et ce recueillement
Qui, s'imposant à tout, me gagnent lentement,
Que je sens partagés par les fleurs demi-closes,
Et qui mêlent mon âme avec l'âme des choses.
O crépuscule !... Un ciel d'or pâle à l'occident,
A l'orient d'azur sombre et se confondant
Avec la silhouette étrange des collines.
Sur des teintes de feu, les découpures fines
Des arbres isolés, réseau noir et léger.
Voici venir Vénus, l'étoile du berger :
O belle voyageuse ! où donc sont tes compagnes ?

Seule tu t'es hâtée ainsi vers nos montagnes,
Et seul ton doux regard éclaire leurs sommets,
Car tu portes l'espoir sans te lasser jamais.
Le chemin est tout blanc; il serpente et s'engage,
Brusquement, dans la masse épaisse du feuillage.
C'est là que déjà l'ombre établit ses quartiers;
L'on ne distingue plus les taillis des sentiers;
Ce point est inquiétant pour toute la vallée;
L'obscurité, qui semble y être amoncelée,
Va se répandre au loin, flot à flot. Elle atteint
Le cours d'eau scintillant qui flamboie et s'éteint;
Elle gagne, marée implacable, la face
Des coteaux, dont soudain le sourire s'efface;
Elle recouvrira leur front, noyant encor
Sous son voile ondoyant leur chevelure d'or.
Oh! le dernier reflet qui tremble dans les herbes!
Les béryls chatoyants, et les saphyrs superbes
Qu'avant de s'assombrir roule le ruisseau clair;
Le parfum pénétrant qui monte au sein de l'air,
Quand l'arome des pins se mêle avec l'haleine
Des prés, aux fleurs sans nombre, étendus dans la plaine!

Venez, voici le soir; le vent s'apaise. Il faut
Traverser ce pont frêle où l'appui fait défaut,
Et marcher un moment dans l'épaisseur mouvante
Des foins, où, sous vos pas, le lièvre s'épouvante.

Voyez-vous ce gros orme au tronc rugueux, tordu ?
Il semble avec le lierre un jour s'être entendu
Pour façonner un siège, admirable retraite
Où dormirait un sage, où rêve le poète :
C'est là. — Pardonne-moi, mon vieil arbre chéri,
De livrer le secret de ton rustique abri ! —
C'est là. Tout vous invite à prendre place : et l'orme
Qui pour vous protéger étend son dais énorme,
Et le lierre touffu qui vous ouvre son sein,
Et la mousse empressée à vous faire un coussin.
C'est là que bien souvent j'ai laissé passer l'heure
Où la lune qui monte, au coteau qu'elle effleure,
Avant que de surgir, met un nimbe d'argent.
Demeurez-y, suivez ce spectacle changeant.
Et j'apprendrai de vous si la scène magique
N'est pas plus grave encore et plus mélancolique
Maintenant que mes yeux ne la reverront plus ;
Si rien de moi ne reste aux coteaux chevelus,
Au ruisseau transparent dont l'eau pure se plisse,
A l'étoile du soir, de mes rêves complice,
A l'herbe, qui parfois me cachait le sentier...
Et si mon souvenir est bien mort tout entier.

La Valse

L'OMBRE du soir descend sur la vieille demeure.
Dehors, un vent glacé, qui sous les rameaux pleure,
Lance aux carreaux mouillés, d'ou partent des rayons,
Les feuilles qu'il enlève et roule en tourbillons;
Mais, dans la vaste salle à la douce atmosphère,
Au grand foyer brillant, tout est paix et lumière.
Les illustres aïeux, dont les traits fiers et durs,
Dans leurs cadres noircis, ornent partout les murs;
Les précieux japons aux formes fantastiques,
Grimaçant à l'envi leurs faces diaboliques;
Les énormes fauteuils où rit un doux repos,
Et les tapis fanés, et les pesants rideaux,

Surtout l'âtre profond qui pétille et flamboie,
Tout semble y respirer une tranquille joie.
Là, dans cet intérieur antique et familier,
Comme un portrait charmant que l'on vient d'oublier
Parmi tous ces objets pâlis par la poussière,
L'enfant de seize ans rêve aux pieds de la grand'mère.
L'aïeule est grave et noble, et ses épais cheveux,
Divisés en bandeaux éclatants et soyeux,
Semblent, tant sur son front leur blancheur est étrange,
Les longs plis abaissés des deux ailes d'un ange.
L'enfant est blonde et fière, et ses grands yeux rêveurs,
Fixés sur les tisons aux tremblantes lueurs,
Et tout pleins de rayons étrangers à la flamme,
Dans leurs regards profonds laissent passer son âme.

Pourtant la jeune fille a souri, puis soudain,
Gracieuse et debout, par un geste mutin,
Ouvre le piano, dont les notes jaunies
S'animent sous ses doigts en folles harmonies.
— « Grand'mère, je le sais maintenant, ce vieil air
Que dans ton gros recueil tu me montrais hier, »
Dit elle, « en ajoutant qu'autrefois, à mon âge,
Bien souvent tu dansas à son rythme sauvage :
Quand c'est pour toi, j'apprends très vite et sans ennui.
Voyons s'il peut encor te charmer aujourd'hui. »
L'aïeule, en souriant, incline un peu la tête,

Comme pour mieux saisir la valse qui s'apprête
Et trouver, dans l'accent de cet air effacé,
Tous les échos perdus de son jeune passé.

La musique bientôt, entraînante, rapide,
Vole, éclate, éveillant la grande maison vide
Et ses hauts corridors, où règne un vague effroi.
Cinquante ans ont passé — temps jaloux, dure loi ! —
Depuis que cette danse, à la vive mesure,
De valseurs enivrés a cadencé l'allure :
Cinquante ans de repos, de tristesse et d'oubli.
Cependant, sur sa main penchant son front pâli,
De ses longs souvenirs écoutant la mémoire,
Tandis que chacun d'eux, sur le clavier d'ivoire,
Monte, passe et s'enfuit, spectre mystérieux,
La grand'mère, bercée à ce rythme joyeux,
Voit flotter sous ses yeux sa lointaine jeunesse.
Ses vingt ans sont venus avec leur courte ivresse,
Leurs espoirs infinis et leur frêle beauté ;
Des lustres au cristal scintillant, la clarté
Remplit les grands salons de rayons et de joie ;
Les danseurs animés et dont la foule ondoie,
— Vieux amis, qui, depuis, couchés dans les tombeaux,
De leurs yeux étonnés ont vu d'autres flambeaux, —
Maintenant rajeunis par cet étrange rêve,
Admirent son beau front qui d'orgueil se relève.

Mais, dans leurs flots mouvants, empressés sur ses pas,
Que son regard distrait n'aperçoit même pas,
Elle a vu tout à coup une image adorée;
Vision de bonheur si chère et si sacrée
Que son aspect, après tant d'hivers écoulés,
Fait battre encor son cœur à coups plus redoublés.
A ces vivants tableaux d'amours évanouies,
A ces échos plaintifs aux douceurs inouïes,
Par cette mélodie un instant réveillés,
La veuve a lentement fermé ses yeux mouillés;
Et lorsque expire enfin dans la paisible salle
De la valse achevée une note finale,
Immobile, elle cherche encore à retenir
L'ombre de ce passé qui ne peut revenir,
Et, voyant défiler tous ces riants mensonges,
Elle les suit des yeux et s'enivre de songes.

Mais à présent l'enfant, qui se tourne à demi,
Pense que le vieil air a sans doute endormi
L'aïeule fatiguée et dont le front se penche;
Son œil, longtemps fixé sur cette tête blanche,
L'entoure d'un regard aimant et curieux,
Et cherche à deviner, sous ces traits sérieux
Que le temps a marqués d'une beauté sévère,
La vive jeune fille, à l'allure légère,
A la joue éclatante, aux rires frais et prompts,

Qui jadis a dansé dans ces mêmes salons
Aux accords frémissants de la valse magique.
Puis, lasse enfin du bruit vague et mélancolique
Que fait le vent d'automne à travers le jardin,
L'enfant sourit encore et se lève soudain,
Pour aller doucement, avec un grand mystère,
Par un baiser joyeux éveiller la grand'mère.

A Bébé

Vous avez donc un an ce matin, petit homme?
Un an!... Le savez-vous, mes grands yeux curieux?
Savez-vous bien pourquoi l'on rit et l'on vous nomme
Avec cet air joyeux ?

Le savez-vous, pourquoi tout rayonne et tout brille ?
Pourquoi dans vos deux bras tous ces hochets bruyants ?
Pourquoi l'on vous fait beau, pourquoi l'on vous habille
De vos plus frais rubans ?

Mais sais-tu bien surtout, sais tu, mon petit ange,
Pourquoi ta jeune mère, en se penchant vers toi,
T'a baisé tout à l'heure avec ce doux mélange
De tendresse et d'effroi ?

Ah ! c'est qu'un an, vois-tu, c'est la date pensive :
Si fière qu'elle soit, enfant, de l'accueillir,
En t'embrassant, peut-être elle a songé, craintive,
A l'immense avenir.

Et, pensant que la vie est une longue route,
Et tes pieds bien petits pour son cours tortueux,
Elle disait : « Seigneur, il sera bon sans doute,
Mais sera-t-il heureux ? »

O mère ! ne crains pas, quand ton amour s'éveille,
Pour ce fils adoré qui joue entre tes bras ;
Vois comme il est joyeux : un ange à son oreille
Aura parlé tout bas.

Et puis, n'es-tu pas là d'ailleurs, ô douce mère !
Là pour le caresser, l'entretenant du ciel ;
Là, pour boire à sa coupe, hélas ! la goutte amère
Et lui laisser le miel ?

Regarde... Il a surpris ta longue rêverie,
Et, lassé de te voir ainsi l'air sérieux,
D'un doigt mignon, te montre à la tapisserie
Les jolis oiseaux bleus.

Les oiseaux... ah ! ce sont ses frères ; sa jeune âme
Les aime et les connaît, les radieux chanteurs ;
Il regarde en riant leur aile qui s'enflamme
De si vives couleurs.

Oh ! non, n'attristons point d'une grave pensée
Ce petit cœur charmant, que gonfle un froid regard,
Et qui, pur, à la vie à peine commencée
Vient réclamer sa part.

Cherchons plutôt à lire en son grand œil qui brille ;
Sa douce voix saurait dire bien des secrets,
Car du beau ciel d'azur où l'étoile scintille
Il est encor si près.

Un an : date sacrée, ô cher anniversaire !
Petit front rayonnant qu'un ange baiserait...
Serre contre cœur ton doux trésor, ô mère !
Le ciel te l'envîrait.

Une Soirée au bois de Boulogne

Oh ! le beau soir de juin ! Nous étions quatre ensemble ;
La lune se levait sous le taillis qui tremble,
Et nous avions quitté la ville et ses grands toits
Pour aller un moment nous perdre au fond des bois.
Quatre, ai-je dit ?... Oh ! non, nous étions moins encore :
Chaque couple, en riant — cœurs joyeux, double aurore, —
Jaloux de son beau rêve et de sa liberté,
Fuyait du couple ami la railleuse gaîté.
Il est doux de causer ainsi tout bas, dans l'ombre...
Et nous n'étions vraiment que deux dans le bois sombre.

Nuit pure, nuit sereine, où notre jeune sang
Nous battait dans le cœur plus libre et plus puissant ;

Où le ciel, vaste et bleu, semé de mille flammes,
Nous semblait trop étroit pour contenir nos âmes ;
Où, quand la fraîche brise agitait nos cheveux,
Nous nous croyions meilleurs en nous sentant heureux.
Mais quels mots ici-bas te peindraient, nuit charmante ?
Lorsque d'Endymion la pâle et chaste amante,
Sous les rameaux épais se glissant à demi,
Cherche encore, en tremblant, le chasseur endormi,
Qui dira sa beauté ?... Qui dira sa tristesse
Lorsque son doux regard, tout noyé de tendresse,
En vain a pénétré dans l'ombre des forêts ?
Elle songe à la nuit où de divins attraits
Ont surpris, ont soudain vaincu son cœur farouche ;
Elle songe au baiser suprême que sa bouche
A posé frémissant sur le front d'un mortel ;
Et, consumée ainsi d'un amour éternel,
Passant avec lenteur dans le ciel solitaire,
De sa mélancolie elle enivre la terre.

Et toi, lac trop vanté, fier et coquet miroir,
Toi qui, jour après jour, sur tes rives peux voir,
Brillamment promenée en ses chars de parade,
Venir du monde entier la grande mascarade ;
Toi, dont le flot léger reçoit et fait mourir
Tant de tableaux changeants d'orgueil et de plaisir ;
Toi-même, transformé par la nuit solennelle,

Tout étoilé des feux de la voûte éternelle,
Tu semblais si touchant sous tes hauts pins rêveurs,
Qu'en te voyant nos yeux se sont mouillés de pleurs.
O lac! as-tu senti frissonner sur tes lames
Un peu de ce bonheur qui remplissait nos âmes?

Mille vagues parfums embaumaient les sentiers;
Nous entendions le chant des grillons à nos pieds,
Et nous allions, les bras enlacés dans l'espace,
Sous les taillis obscurs nous parlant à voix basse.
Nous causions en marchant, si je me souviens bien,
De nous-mêmes, de tout, et quelquefois de rien,
Laissant, comme des fleurs qu'un enfant a tressées,
L'une à l'autre, au-hasard, succéder nos pensées.
Nous étions tous les deux jeunes, ardents et prompts;
Mais des signes divers avaient marqué nos fronts,
Et nous aimions frémir quand, sources débordées,
Flot contre flot parfois se heurtaient nos idées.
A travers ces combats où luttaient nos esprits,
Nos cœurs s'étaient d'ailleurs entendus et compris;
Car nous étions amis... Amis, ô joie étrange!
Plaisir mystérieux que doit éprouver l'ange
Alors qu'au ciel, épris d'ineffables appas,
Il suit une jeune âme échappée au trépas.
Être deux, être amis à vingt ans, ô victoire!
Sentir l'amour furtif et jaloux de sa gloire

Trembler dans un accent, briller dans un coup d'œil,
Sans jamais de la lèvre oser franchir le seuil;
Se dire quelquefois en souriant : Je t'aime !
Et prononcer ce mot dans la candeur suprême
De deux enfants jumeaux, frère et sœur, dont la voix
L'un à l'autre le dit pour la première fois ;
O douceur qu'aucun fiel ne corrompt ou n'altère !
Amitié, joyau pur ! n'es-tu pas sur la terre,
Parmi tous les présents que Dieu fit aux humains,
Peut-être le plus beau qui tomba de ses mains ?

C'est ainsi que tous deux, graves, l'âme charmée,
Nous allions à pas lents sous la nuit embaumée.
Nous parlions de la vie immense, que mon cœur
Brûlait de traverser, intrépide et vainqueur ;
Tandis que lui, rêveur qui questionne et doute,
Eût voulu, s'asseyant sur le bord de la route,
Voir, le front dans sa main, passer devant ses yeux
Des hommes et des temps les flots mystérieux,
Sans jamais s'élancer dans leur course infinie.
Nous parlions de vertu, de gloire et de génie.
Pensifs et tressaillant au mot de vérité,
Souvent nous cherchions Dieu dans son obscurité.
Mais alors, à travers une foi vive et tendre,
Seule, du haut des cieux je le voyais descendre ;
Et, tandis qu'unissant leurs accents si divers,

Les innombrables voix chantant dans l'univers,
Pour annoncer sa gloire à mon âme éperdue
Semblaient n'en former qu'une et remplir l'étendue,
Mon compagnon, errant dans un monde muet,
N'y voyant du destin que l'œuvre et le jouet,
D'un sourire incrédule accueillait ma folie,
Et, fier, se renfermait dans sa mélancolie.
Jaloux de suivre en tout sa ferme volonté,
Son dieu, son dieu suprême était la liberté;
Le droit était sa règle, et la raison son guide.
Ah! s'il sut enseigner à mon cœur plus timide,
Qui redoutait la lutte et fuyait les combats,
Un courage nouveau qu'il ne possédait pas;
S'il lui sut inspirer, avec plus d'assurance,
Le culte d'une haute et noble indépendance,
Que n'ai-je pu moi-même entr'ouvrir à ses yeux
De l'immortalité l'horizon radieux,
Aux pieds d'un Dieu sauveur jeter cette âme altière,
Et d'un immense espoir l'inonder tout entière !

Mais la nuit s'avançait et déjà, plus obscur,
D'astres plus éclatants étincelait l'azur.
Un vent frais, s'élançant à travers les allées,
Fit gémir tout à coup les feuilles ébranlées.
Il nous fallut alors, retournant vers Paris,
Quitter avec regret nos tranquilles abris.

Nous étions un peu las en revenant, sans doute,
Mais nos propos joyeux abrégeaient notre route,
Et nous riions gaiment, en nous hâtant soudain,
Quand l'heure qui sonnait nous marquait le chemin.

O beau soir! ô printemps! ô simples jouissances!
O nos longs entretiens suivis de longs silences!
O mon cher compagnon pour jamais éloigné!
Qui de nous ici-bas à vaincre destiné,
Dans la rude bataille offerte à son courage,
Doit enfin remporter le plus sûr avantage?
Quel lien sut unir deux êtres si divers?
Je ne sais... Mais un soir, au fond des bois déserts,
Si je venais jamais, seule et désespérée,
Chercher le calme, alors, ô paisible soirée!
Tour à tour éveillant tes tableaux gracieux,
Passe pour un instant, passe devant mes yeux
Comme un songe riant d'espoir et de jeunesse,
Et de ton souvenir enchante ma tristesse.

Deux Voix

Si quelquefois à ma fenêtre
Je reste un moment à songer,
Quand le jour vient de disparaître
Et qu'au fond du ciel on voit naître
La blanche étoile du berger;

A cette heure calme et bénie,
C'est que j'aime entendre dans l'air
Monter la rumeur infinie
De Paris, confuse harmonie,
Semblable à celle de la mer.

Ce bruit, fondu par la distance,
De tant de voix, de tant de pas,
Est-ce un chant ? une plainte immense ?
Je ne sais... J'écoute et je pense
Au flot bleu qui brise là-bas.

Si quelquefois sur la falaise,
En été, je reste à rêver,
Lorsque le vent du soir s'apaise
Et n'est plus qu'un souffle, qui baise
Nos cheveux sans les soulever.

C'est qu'à mes pieds l'Océan gronde,
Éternellement agité,
Et qu'au murmure de son onde
Je songe à la clameur profonde
Montant d'une grande cité.

Océan, que nous veux-tu dire ?
Sont-ce là des hymnes, des cris ?
L'âme du monde qui soupire ?
Je ne sais... J'écoute, j'admire,
Et je me souviens de Paris.

O vaste mer ! ô ville immense !
Mes deux muses, mes deux amours !
Ne gardez jamais le silence :
Je me tais en votre présence,
Mais vous, pour moi, parlez toujours !

Refus

Ce ne fut qu'un moment : il restait en arrière ;
Les autres descendaient et ne nous voyaient pas ;
Je leur avais donné mon baiser d'écolière ;
Il prit ma main : « Et moi ? » demanda-t-il tout bas.

Il plongea dans mes yeux son regard plein de flammes,
Nous étions grands amis : sans souci du danger,
Nous avions bien souvent confondu nos deux âmes ;
Je l'aimais simplement et sans presque y songer.

Que désirait-il donc ?... Un baiser... peu de chose !
Mais je restais pensive et je baissais le front :
Notre amitié m'était si chère !... A peine éclose,
La voir finir... C'était bien cruel et bien prompt !

Il était là pourtant, et ma main dans la sienne,
Et je sentais ses yeux sur les miens attachés.
Je ne sais s'il comprit ma surprise et ma peine;
Je répondis : « Non, non, nous en serions fâchés. »

Il détourna la tête et partit sans rien dire.
Je le vis tout d'abord lentement s'éloigner,
Puis s'arrêter soudain, et, tâchant de sourire,
Envoyer jusqu'à moi son âme en un baiser.

Une seconde encore... Il allait disparaître :
Mais son adieu muet alors lui fut rendu;
Et je rentrai rêveuse, espérant que peut-être
Mon ami, malgré tout, ne serait pas perdu.

A Victor Hugo

Ah! je veux te parler, Poëte!... Et peu m'importe
Que, sous mes doigts tremblants, par un destin moqueur
Ma lyre désormais reste muette et morte,
Si son dernier accent, ô mon Maître, te porte
Un cri de gratitude échappé de mon cœur!

Je te connais si bien, penseur au front sublime!
Ton œuvre me paraît comme un autre univers
Où mon esprit charmé se confond et s'abime,
Et parfois j'ai senti la flamme qui t'anime
S'allumer dans mon sein au souffle de tes vers.

Ton génie est l'aurore immense et lumineuse
Qui, de mes premiers ans éclairant l'horizon,
Apprit à ma jeunesse inquiète et rêveuse
A chérir, à chercher la clarté radieuse,
La clarté, qui rend tout libre, saint, juste et bon.

Car tu fus à la fois chantre, apôtre et prophète;
Proscrit, tu fus martyr! Et l'âme de tes chants,
De notre siècle ardent se faisant l'interprète,
Terrible au crime heureux, plane sur notre tête
Comme une épée à deux tranchants.

Ta voix a dominé tous les bruits de notre âge :
Quand la main des tyrans un jour crut l'étouffer,
Montant plus libre encor de l'Océan sauvage,
Elle a volé vers nous dans le vent de l'orage
Pour confondre le mal et pour en triompher.

Et c'est toi cependant, c'est toi, vengeur sévère,
Qui te montres parfois si bienveillant, si doux,
Qu'en t'écoutant les pleurs mouillent notre paupière;
Toi qui, pour leur parler laissant ta tâche austère,
Prends les petits enfants joyeux sur tes genoux.

Oh! quelles visions, dans ton âme profonde,
Doivent dans le silence, ô Poète! passer,
Sur ces sommets hardis que la lumière inonde,

Où nul autre après toi, loin des sentiers du monde,
D'un vol audacieux n'oserait s'élancer !

Songes-tu quelquefois à ces siècles sans nombre
Dont ta voix tour à tour éveillera l'écho,
Qui tour à tour viendront, sondant le passé sombre,
Dans ton œuvre immortelle évoquant ta grande ombre,
Saluer ce géant qui fut Victor Hugo ?

Entends-tu s'élever leur clameur infinie ?
Vois-tu ton nom déjà parer leur Panthéon ;
Ce nom qui, proclamant un tout-puissant génie,
Monte et s'unit bien haut, dans la vaste harmonie,
Avec les noms sacrés de Dante et de Milton ?

Que ne puis-je mêler à ce concert suprême
Les accords qui pour toi seraient les plus touchants !
Mais ce que j'offre ici, c'est ma faiblesse même :
Tant de gloire, après tout, vaut-elle un cœur qui t'aime ?
Je ne sais que t'aimer et pleurer à tes chants.

Mon cœur s'est enivré de tes splendeurs divines :
Ah ! laisse, laisse-moi te parler une fois !
Vers la fleur et l'enfant, ô Maître, tu t'inclines,
Et je suis, si tu veux, l'humble fleur des collines,
Aux rayons de ton ciel éclose au fond des bois.

Réponse à deux mots

Tu m'as vue un instant et tu m'as dit : « Je t'aime ! »
Enfant, ce mot est doux ; viens, répète-le moi ;
Tu n'en connais encor que l'ivresse suprême,
Tu peux le prononcer sans trouble, sans effroi.

Bientôt, dans peu de jours, tu m'oubliras sans doute...
(Oh ! ne m'interromps pas !)... Tu te mets en chemin,
Et, n'ayant encor vu qu'une fleur sur ta route,
Tu t'arrêtes charmé sans songer à demain.

Tu ne sais pas encor comme il en est de belles
Là-bas, sur le sentier riant de l'avenir ;
Elles t'éblouiront, vivantes étincelles,
Et t'ôteront bientôt jusqu'à mon souvenir.

Qu'importe? dis-le moi, ne serait-ce qu'une heure,
Ce mot, ce mot profond qu'à peine tu compris;
Et, quand tu l'auras dit, si tu vois que je pleure,
Enfant, éloigne-toi sans te montrer surpris.

Je suis faible, et me plais à songer que ton âme
S'est ouverte à moi seule en cet élan vainqueur;
Que tu crois bien m'aimer, et que je suis la femme
Dont le nom le premier a fait battre ton cœur.

Aussi répète-moi ton aveu pur et tendre,
Rien qu'une fois encore, ô mon doux amoureux!
Puis, de peur que mon cœur s'accoutume à l'entendre,
Va-t-en, et sois béni! Va-t-en, et sois heureux!

Dix-huit ans

Je l'ai connue enfant; elle était belle, blanche
Et rose; mais déjà frêle comme la branche
Qu'en se posant soudain un oiseau fait ployer.
On craignait; on parlait souvent de l'envoyer
L'hiver au chaud climat de Menton ou de Nice;
On l'aurait confiée alors à sa nourrice,
Sa mère ne pouvant partir pour le Midi.
Mais cela semblait dur; et, bref, elle a grandi
Dans Paris, respirant l'air âcre de la rue.
C'est là que, bien des fois, elle m'est apparue,
Entre ces murs si hauts qui l'étouffaient. Toujours
Je la revois, portant sa robe de velours,

Son grand col de dentelle et sa large ceinture
D'un bleu clair sur le noir. Mignonne créature,
Avec ses cheveux d'ange et ses tout petits pas!
On pouvait être sûr de voir entre ses bras,
Partout, à la maison ou dehors, sa poupée :
Elle l'aimait beaucoup et n'était occupée
Tout le jour qu'à jouer avec elle. C'était
Un bébé merveilleux, tout blond, de chez Huret,
Grave, avec de grands yeux très doux. Je me rappelle
Que l'enfant ressentit une émotion telle
Lorsqu'on le lui donna, que cela nous fit peur.
Elle le contempla d'abord avec stupeur,
Droite, pâle de joie, et surtout très surprise;
Puis, comme si soudain elle eût compris, et prise
D'amour ou de pitié pour cet être muet,
Elle tendit enfin les mains vers le jouet,
Tandis que dans ses yeux montaient de grosses larmes.
Nul présent n'eut jamais pour elle autant de charmes.
Elle pouvait avoir six ou sept ans alors :
Depuis, livres, théâtre aux éclatants décors,
Et ménages mignons de fine porcelaine,
Services de poupée où boirait une reine,
Rien ne put lui causer un plaisir si profond,
Si durable surtout. Comme elle était au fond
Très gaie, on ne pouvait la croire délicate.
L'espoir dont malgré tout une mère se flatte

Est si fort! Puis vraiment l'enfant semblait très bien,
Vive, riant toujours, ne se plaignant de rien,
Excepté quelquefois d'un peu de lassitude.
Les médecins pourtant lui défendaient l'étude;
Elle en était ravie, et se souciait peu
Des livres et de tous leurs grands mots; le ciel bleu
Et son jardin, voilà les seuls maîtres pour elle.
Elle vivait joyeuse ainsi qu'une hirondelle.
Enfin elle eut seize ans et vit son premier bal.

Ce soir-là, sa beauté nous surprit tous. Le mal
Implacable, épuisant, hélas! à sa racine,
La sève et la santé de cette fleur divine,
Lui prêtait dans sa fièvre un redoutable éclat :
Ses grands yeux cerclés d'ombre et le vif incarnat
De sa joue eussent fait, par leur splendeur étrange,
Échapper le pinceau des mains de Michel-Ange;
Dans le bal tournoyant son front pur rayonnait.
Mais, tout entière au grand plaisir que lui donnait,
Au coup d'archet de Strauss, la valse étourdissante,
Joyeuse, elle ignorait sa grâce éblouissante.
Lorsque près de sa mère elle venait s'asseoir,
On voyait se presser devant elle un flot noir
D'habits, rompu souvent par l'or d'un uniforme;
Elle ouvrait son carnet de nacre, pour la forme,
N'ayant plus dès longtemps une danse à donner;

Et, timide, voulant se faire pardonner
Un refus, rougissant à tous ainsi de dire
Encor non, les calmait avec un beau sourire.
Elle disait : « Restons, mère, jusqu'à la fin ! »
Je la vis s'en aller, un peu lasse, au matin,
Car jamais cette enfant ne fut contrariée.
Deux mois plus tard, j'appris qu'elle était mariée.

Tout un an s'écoula.

Lorsque je la revis,
Elle tenait pressé dans ses deux bras ravis
Un petit ange blond, rieur et doux comme elle...
La Madone fut peinte ainsi touchante et belle,
Et Raphaël lui fit ce regard triomphant.

Mais elle avait donné sa vie à son enfant.
Elle vécut encor six mois, l'âme occupée
De son trésor ; disant : « Voyez, c'est ma poupée :
Vous vous rappelez bien comme je les aimais !
Pour elles je voulais rester petite... Mais
Dieu n'aurait pas permis que j'en fusse privée. »
Elle jouait encor quand l'heure est arrivée.
« Quoi ! dit-elle, si tôt ! L'on meurt ainsi ? Hé bien,
J'en avais autrefois si grand'peur !... Ce n'est rien.
Mais mon pauvre bébé ! »

Dans la fosse profonde,
Sous les fleurs, on cacha sa douce tête blonde,
Son front chaste, sa bouche au sourire vermeil,
Ses beaux yeux, endormis d'un éternel sommeil.

Elle repose en paix, si Dieu, comme j'espère,
Cache aux morts innocents les secrets de la terre,
Et ne laisse point voir, de son ciel azuré,
Le monde, à cette enfant qui n'a jamais pleuré.

A Madame K. M.

Tell me a tale that to me was so dear,
Long, long ago.

OH! dis, que songeais-tu, quand le clavier sonore
Frémissait doucement, dans l'ombre sous tes doigts,
Et que le son mourait pour s'éveiller encore,
Plaintif comme un écho des choses d'autrefois?
Lentement tu jouais, et mon âme bercée
A ce rythme charmant, tendre comme un soupir,
Cherchant dans ses accents à trouver ta pensée,
La poursuivait toujours sans pouvoir la saisir.
Était-ce une espérance en ton âme endormie,
Était-ce un souvenir lointain de la patrie
Apporté jusqu'à toi par les vents et les flots,
Qui gémissait ainsi dans la corde ébranlée?

Et quel rêve en passant, de son aile affolée,
Dans l'instrument frappé fit monter des sanglots?
Quoi! si jeune et si belle, et triste!... Oh! quand la vie,
Entr'ouvrant un matin ta corolle ravie,
T'enivra tout à coup de lumière et d'azur,
Pauvre fleur, quel nuage, en voilant le ciel pur,
A de son souffle ardent froissé ton doux calice,
Et sur ton sein charmant, aux fragiles couleurs,
Que le zéphyr léger baisait avec délice,
A séché la rosée en y laissant des pleurs?

Que dis-je? O cœur sensible, âme ardente et profonde,
Tu souffris! Ah! sans doute, et je sais que le monde
Est rude et sans pitié souvent pour tes pareils.
Oui, sa coupe à ta lèvre a dû paraître amère;
Tu n'auras pu goûter sa douceur éphémère,
Toi qui planes si haut au fond des cieux vermeils.
Oh! sois fière, ta gloire est dans cette pensée.
Qu'importe que la vie à l'aube t'ait blessée,
O Femme! et que partout, dans les mornes déserts,
Au sein des bois riants, au bord des vastes mers,
Tu portes en ton cœur sa flèche envenimée?
Qu'importe que dans l'air immobile et brûlant,
Écrasant de son poids la prairie embaumée,
Le nuage aux flancs noirs pèse pour un instant?
L'humble étoile des champs, qui frissonne et s'incline,

Sait bien, quand l'ombre épaisse envahit la colline,
Qu'au-dessus du nuage est le ciel toujours bleu :
Et toi, ne sais-tu pas que, là-haut, dans l'espace,
Loin de tout ce qui trompe et de tout ce qui passe,
Loin de tout ce qui meurt, est ton âme et ton Dieu ?
Hélas ! je sais pourtant ce qui tient d'amertume,
De désenchantement, dans chacun de nos jours,
Et ce qu'un seul parfois en sa course consume
D'espoirs longtemps chéris, de rêves et d'amours.
Je songe que toi-même, en ma route venue,
Chère apparition qu'à peine j'ai connue,
Qui t'inclinas vers moi pour me tendre la main,
Toi que j'ai cru comprendre et que j'ai tant aimée,
Comme un rêve du soir qui s'envole en fumée,
Tu vas t'éloigner seule et me quitter demain.
Mais tu ne pourras pas m'ôter ta douce image :
Je veux garder, amie, au moins ton souvenir ;
Et plus tard, quand mon âme, en quittant ce rivage,
Salûra le beau jour qui ne doit pas finir,
Je te reconnaîtrai sans doute, et nos pensées,
Se confondant encore et toujours enlacées,
Comme un parfum montant dans l'ombre du saint lieu,
Ensemble monteront vers le trône de Dieu.

Le Coffret

L'AVEZ-VOUS jamais lu, dans sa grâce naïve,
Ce poème touchant, ineffable et discret,
Que toute femme cache et conserve, craintive,
A des yeux étrangers ne l'ouvrant qu'à regret?

C'est un petit coffret, ou d'ébène ou de rose,
A l'antique poignée, aux gonds épais et lourds,
Qui garde étroitement, de sa serrure close,
Bien des riens précieux dans son sein de velours.

Toujours il est au fond quelque rose fanée,
Puis des bijoux d'enfant, une modeste croix,
Qu'un jour, en souriant, une mère a donnée,
Et que, fière, à son cou, l'on a mise autrefois.

Puis viennent tout auprès d'innocentes reliques :
Des lettres, des cheveux, un vieux bouquet de fleurs...
D'un amour oublié restes mélancoliques,
Et dont le seul parfum vous arrache des pleurs.

Puis ce sont des billets, mais d'une autre écriture,
Qu'un même ruban rose ensemble tient unis :
Ceux-ci sont plus récents ; la franche signature
Se montre ouvertement sur leurs feuillets jaunis.

Puis enfin, ce trésor qu'un fin papier de soie
Enferme en le voilant de son pli satiné,
C'est le cher souvenir de la plus douce joie :
C'est le petit soulier tout blanc du premier-né.

Si vous avez jamais vu l'un de ces poèmes,
Qui s'entendent si bien et sans voix sont compris,
Vous les connaissez tous, ils sont toujours les mêmes :
La femme est tout entière en ces simples débris.

Ce coffret ignoré de son âme est l'image ;
Elle est, ainsi que lui, cachée à tous les yeux ;
Mais, quand l'ouvre parfois quelque souffle d'orage,
Il en sort un parfum doux et mystérieux.

Là, pareils aux trésors d'une rare cassette,
Sont des bonheurs passés et de longs souvenirs,

De quelque espoir perdu l'amertume secrète,
Et des rêves flottants de lointains avenirs.

Mais toujours,—et c'est là, Femme, qu'est ta noblesse,—
Toujours pour d'autres cœurs ton cœur est agité :
Le présent, c'est pour toi l'époux de ta jeunesse ;
L'avenir, c'est l'enfant qui joue à ton côté.

De ces rubans fanés, de ces roses flétries,
Vains jouets, que le Temps a pâlis tour à tour,
Et de ton cœur aussi, plein d'épaves chéries,
Monte un charme éternel de tendresse et d'amour.

Au bord de la Mer

Ne trouvez-vous pas qu'il est bon de vivre
Au grand air ainsi,
Près de l'Océan, dont la brise enivre,
Dans ces verts sentiers où ne peut nous suivre
Le moindre souci ?

Ne trouvez-vous pas que le bruit des lames
Est doux, vers le soir,
Quand le flot plaintif gémit sous nos rames ?
On dirait qu'au loin soupirent des âmes
Vers l'horizon noir.

Ne trouvez-vous pas les vagues bien belles,
Surtout quand, la nuit,
Leur sein tout à coup s'emplit d'étincelles :
Lit de feu mouvant, où chacune d'elles
S'écroule et s'enfuit ?

Ne trouvez-vous pas la brillante plage
Un livre charmant ?
L'on y met un nom, un rêve, une image...
Puis le vent survient, qui tourne la page
En moins d'un moment.

Ne trouvez-vous pas la haute falaise
Sublime à gravir,
Lorsque au ciel, ardent comme une fournaise,
Le soleil descend, et que tout s'apaise
Et va s'endormir ?

Ne trouvez-vous pas toute la nature,
L'onde et le ciel bleu,
L'Océan profond, la fraîche verdure,
Un vivant miroir où luit, douce et pure,
La face de Dieu ?

Une Ascension dans l'Oberland

Quand Paris est bien sombre, en hiver, quand la pluie
Ruisselle sur ses toits qu'un vent lugubre essuie ;
Quand la rue, où chacun se hâte et semble las,
Est triste, avec son sol fangeux et son ciel bas ;
Quand tout semble travail incessant, lutte et peine,
Je pense à la montagne élevée et sereine
Que j'ai gravie un jour, non sans trembler un peu,
Et dont le blanc sommet voit toujours le ciel bleu.
C'était l'été dernier. Souvent à ma mémoire,
Depuis, j'ai rappelé ce spectacle de gloire :
Ce lever de soleil au sein des cieux profonds,
Avec le défilé superbe des grands monts.

J'y songeais : je voyais ces rayons, cet espace,
Ces abîmes, ces lacs, ces colosses de glace,
Et, me rappelant tout, je voulais tout chanter.
O folle ambition qui m'avait su tenter!
Trouver des mots pour peindre cela, des images...
Enfermer l'infini dans quelques brèves pages;
Dire non seulement ce que l'œil a pu voir,
Mais aussi ce que l'âme a senti; le pouvoir
De la grande nature et son charme suprême,
Ce qui fait qu'on l'admire encor moins qu'on ne l'aime,
Et qu'on se sent meilleur et plus pur en l'aimant :
Oh! pour faire cela, pour peindre dignement
De semblables tableaux et de telles pensées,
Heureux qui n'a jamais senti ses mains lassées
Défaillir! Heureux qui, dans son émotion,
N'a point laissé tomber la plume ou le crayon!

Nous étions partis tôt, le matin, d'Interlake.
Les montagnes au front portaient un voile opaque
De vapeurs, dont l'aspect annonçait un beau jour.
Voulant nous souhaiter bon temps et bon retour,
Les paysans venaient au seuil de leurs demeures :
« Dieu vous garde! » Il fallait monter pendant dix heures.
Nous étions trois : mon frère et notre ami, puis moi;
Gais et riant de tout pour commencer... Mais quoi!
La montée était rude et la chaleur croissante;

Et puis, autour de nous, la nature imposante
Grandissait, et bientôt nous parlions moins souvent.
Moi, j'étais à cheval et j'allais en avant;
Mes compagnons, à pied, suivaient avec le guide.
Quand le sentier parfois devenait très rapide,
J'aimais à me donner le dangereux plaisir
D'exciter l'animal plein d'ardeur à gravir,
Et c'était je ne sais quel étrange délice
Cette course hardie au bord du précipice.
Soudain je m'entendis rappeler; m'arrêtant,
Je vis courir vers moi le guide haletant,
Qui, sans rien dire, pâle, et s'étant avec peine
Glissé contre le roc, saisit en main la rêne.
Il parlait le patois, que je n'entendais point;
J'attendis que bientôt notre ami l'eût rejoint,
Et j'appris que, deux jours avant, à cette place,
Où le granit saillant laisse à peine l'espace
Qu'il faut pour un cheval, un officier prussien
S'était tué, roulant en bas avec le sien.
Nous baissâmes les yeux pour regarder l'abîme.
C'était bien le tableau vraiment le plus sublime
Qu'on pût voir : ce grand mur à pic, et ces gradins
Plus bas, enveloppés du noir manteau des pins;
En face, la montagne encor, sombre et superbe,
Sous ses hêtres, pressés comme autant de brins d'herbe;
Au-dessus, le glacier, éblouissant et pur;

Plus haut, la neige aux tons changeants; plus haut, l'azur;
Puis ce que l'on ne peut définir : charme immense
Des hauteurs, du désert. A travers le silence,
Une voix seulement nous parvenait d'en-bas :
La Lutschine grondait au loin, et son fracas,
Arrivant jusqu'à nous n'était plus qu'un murmure.

Depuis, le guide en main conduisit ma monture.
Nous fîmes de la sorte environ la moitié
Du chemin; pour le reste, il fallait être à pied;
Mais j'en riais gaîment, me sentant très vaillante;
Je n'avais peur de rien, j'étais impatiente
De me servir enfin de mon bâton ferré.
Puis, tandis qu'un repas nous était préparé
Dans l'auberge, à nous trois nous fîmes une lettre
Joyeuse, que le guide emporta, pour remettre
A celle qui, d'en bas, songeant à nous, voyait
La cime du grand mont s'assombrir, et priait.
Nous devions tous trois seuls achever la montée;
Car c'était une chose entre nous projetée
Dès longtemps, et Willie y mettait son honneur.
Il savait le chemin, nous disait-il, par cœur,
Ayant fait par deux fois l'ascension; la route
Seulement était longue, et nous devions sans doute
Nous hâter, pour atteindre avant qu'il fît obscur
Le sommet et l'abri. Pourtant, dans le ciel pur,

Le soleil était haut encore, et sur les pentes
Les fleurs de la montagne, étranges et charmantes,
Attiraient nos regards et retenaient nos pas.
Nous demandions leurs noms que nous ne savions pas ;
Leurs formes, leurs couleurs, à nos yeux si nouvelles,
Leurs parfums nous charmaient. Pour cueillir les plus belles
Il nous importait peu de faire un long circuit.
Willie, heureux et fier, oubliait que la nuit
Pouvait descendre, en nous expliquant ces merveilles.
Dans les rocs éboulés, quand les touffes vermeilles
Des roses, ce trésor des Alpes, paraissaient,
Sur le sol dangereux de pierres qui glissaient,
Il partait, pour bientôt revenir les mains pleines.
Nous trouvions plus souvent, et sans de telles peines,
La grande gentiane et l'arnica de feu.
Cependant le soleil baissait dans le ciel bleu ;
L'air devenait plus vif ; au fond des gorges sombres,
On voyait lentement s'amonceler les ombres.
Willie, inquiet, nous dit : « En avant ! » Et d'ailleurs
L'aspect de la montagne aussi changeait : les fleurs
Se montraient toujours moins et bientôt disparurent.
Nous vîmes un chalet, un lac ; alors ce furent
Des murs de granit nus, énormes, effrayants ;
Le sentier raide, étroit, serpentait sur leurs flancs ;
D'un côté le rocher, et de l'autre l'abîme.
Il semblait que jamais nous ne verrions la cime.

Après un mont gravi venait un autre mont;
C'était l'entassement d'Ossa sur Pélion...
Et je perdais courage, et me sentais bien lasse.
Et puis, autour de nous, la nuit montait; l'espace
Infini s'emplissait de spectres monstrueux;
Des nuages passaient, hagards, impétueux,
Emportés par le vent dans un morne silence.
Nous entendions encore, à travers la distance,
S'élever quelquefois le tintement léger
Des clochettes qui font retrouver au berger
Son troupeau dispersé sur les plateaux : musique
Très douce à notre oreille et très mélancolique,
Qui bientôt s'éteignit aussi dans le lointain.
Pourtant, les pieds lassés et le cœur incertain,
Nous allions, nous montions toujours... Soudain, un doute
Me saisit : avions-nous suivi la bonne route?
La neige maintenant sous nos pas effaçait
Le sentier; un brouillard pénétrant nous glaçait.
Les forces avant peu nous manqueraient peut-être...
Quand le jour qui fuyait viendrait à disparaître,
N'éclairant plus l'abîme où nous pouvions courir,
Faudrait-il nous coucher dans la neige et mourir?...
Oh! la lugubre nuit muette et désolée!
Et l'on pensait à nous, là-bas, dans la vallée;
L'on disait : « Les voilà tout en haut, c'est certain.
Le lever du soleil sera très beau demain. »

Hélas! ce beau soleil, le verrions-nous encore?
Et j'allais m'arrêter... lorsque, dans l'air sonore,
Sur nos fronts, un son pur et puissant éclata,
Qui vibra longuement, que l'écho répéta,
Et qui remplit nos cœurs d'une joie infinie.
Nous en connaissions bien la bizarre harmonie :
C'était le cor alpestre, et sa voix, du sommet,
Aux gouffres, aux brouillards, à la nuit, réclamait
Le voyageur perdu qui se lasse et qui lutte.
Alors, émus, charmés, pendant une minute,
Nous restâmes tous trois sans parler, sans bouger...
Puis mon frère poussa le long cri du berger,
Ce cri vibrant, aimé du pâtre solitaire,
Alors qu'errant bien loin de tout bruit de la terre,
Il l'entend résonner, joyeux et fraternel.
Cependant il fallait encor monter : l'hôtel
— C'est le plus élevé de la Suisse — termine
L'extrême sommité du mont et la domine.
Mon Dieu! c'était bien haut... Et le dernier effort
Fut rude, sur la pente abrupte et nue, au bord
Du gouffre, où s'agitait un océan livide
De brumes, que trouait le noir profond du vide.
Pourtant, aux sons du cor nous appelant parfois
Succédèrent bientôt des bruits plus doux, des voix,
Le jappement d'un chien, une porte qu'on ferme...
Notre voyage enfin approchait de son terme.

Une clarté parut qui perça le brouillard :
Oh! la bonne lueur! et que notre regard
La salua gaîment, cette modeste étoile!

Nous étions arrivés. L'haleine du grand poêle
Baisait nos fronts glacés et nos membres transis.
Bien contents, mais brisés, nous nous étions assis
Auprès du feu. Je vois encor toute la scène :
La salle au plafond bas, et les buffets de chêne,
Énormes, dont les flancs cachaient, vastes et lourds,
Des vivres qui devaient suffire à bien des jours;
La longue table avec sa nappe damassée;
La servante courant tout autour, empressée,
Vive, car nous mourions en vérité de faim;
La grosse lampe à la clarté paisible; enfin,
Et tranchant au milieu de ces choses bourgeoises,
Un grand panorama des montagnes bernoises
Qui s'étendait, tout blanc, sur le mur devant nous.
Tout cela nous semblait très joyeux et très doux,
Et nous en éprouvions un immense bien-être.
Mais, ce qui nous parut meilleur encor peut-être,
Ce fut le bon repos de la nuit; toutefois,
Entre l'abri léger de ces cloisons de bois,
Nous souffrîmes beaucoup du froid, qui fut terrible.
Mais alors je songeais qu'il eût été possible
Que notre lit ce soir fût de neige. A travers

La petite croisée aux rideaux entr'ouverts,
Je voyais les glaciers tout bleus sur le ciel sombre
Dans le scintillement des étoiles sans nombre;
Le silence planait sur leurs fronts infinis...
Et bientôt je fermai les yeux et m'endormis.

Au matin, le soleil se leva magnifique.

Non, ce n'est certes pas un simple effet d'optique,
Et de nos sens frappés la seule impression,
Qui cause, en des moments pareils, l'émotion
Suprême dont notre âme est tout à coup saisie !
Et ce n'est pas non plus la pure fantaisie
Du poète qui prête au ciel resplendissant,
Aux forêts, aux lacs verts, aux grands monts, cet accent
A l'unisson duquel notre cœur entier vibre.
Non : ce qui fait en nous résonner cette fibre,
Ce qui nous fait lever la tête avec orgueil
Vers tous ces hauts sommets, ce qui fait que notre œil
Se mouille en contemplant la sublime nature,
C'est le reflet divin que toute créature
Porte : l'homme en son cœur, la terre en sa beauté.
Car Dieu, voulant ceci, que notre humanité,
Dans ses longues erreurs et sa longue misère,
Restât pourtant toujours, malgré tout, grande et fière,
Lui mit au fond de l'être un désir éternel.

— Ce besoin d'infini, ce souvenir du ciel,
Qui, dans nos sombres jours, nous charme et nous tourmente
On veut nous l'enlever... Malheur à qui le tente!
On peut bien le nier; l'anéantir, jamais! —
Et puis, Dieu, d'autre part, forma les blancs sommets,
Le firmament profond, la mer avec sa plainte,
Les bois et leurs chansons; il y mit son empreinte,
Et voulut que la mer, que le ciel et les bois
Eussent, dans leurs aspects charmants et dans leurs voix,
Cet infini sans nom que l'homme a dans son âme.
L'un doit répondre à l'autre. Aussi, lorsque la flamme
Du soleil qui descend empourpre l'horizon;
Lorsque le laboureur au seuil de sa maison
Vient s'asseoir, et le voit lentement disparaître;
Lorsque, pour épier le jour près de renaître,
Le voyageur hardi, dans un rude sentier,
A, par de longs efforts, gravi le pic altier;
Un même sentiment au cœur de ces deux hommes
Monte, et, secret témoin, leur apprend que nous sommes
Grands parmi tous ces grands objets; car nous voyons,
A travers ces splendeurs, à travers ces rayons,
Le sceau mystérieux qu'y mit la main divine :
Ils ne sont que la voix; nous, l'esprit qui s'incline
Et l'écoute... Et voici pourquoi, pendant l'hiver,
Quand j'entends de Paris monter le rire amer,
Le blasphème, et parfois aussi le cri d'angoisse,

Vers les nuages lourds que le vent roule et froisse,
Ou quand je crois saisir le sifflement moqueur
Du doute, ce serpent qui vient me mordre au cœur,
Je songe au glacier pur où le soleil se pose,
Au jour levant sur l'Oberland, au ton de rose
Que prend la neige vierge à ces baisers de feu,
Au grand lac endormi plus bas, au beau ciel bleu
Qui sourit au-dessus... Et ce tableau splendide
Me rend l'âme soudain confiante et candide;
Ma pensée y remonte, et c'est pour y bénir
Dieu, qui mit dans mon cœur ce sacré souvenir.

A Mademoiselle Alice K.

J'ai vu quelquefois de bizarres choses
Dans ce monde étrange où nous habitons :
Aussi, comme on voit se faner les roses,
Tombent tour à tour, et fraîches écloses,
De mon cœur, hélas ! ses illusions.

J'ai vu se briser mes blanches idoles,
Vers qui je tendais en pleurant les mains.
Mes rêves n'étaient que visions folles ;
Et j'ai vu le fond de bien des paroles,
Et je ne crois plus aux serments humains.

J'ai vu que trop longue est notre existence,
Que nos cœurs légers devraient vivre un jour;
Qu'alors on pourrait, sans trop d'imprudence,
Vanter l'amitié, chanter la constance,
Et croire au bonheur, et croire à l'amour.

J'ai vu tout cela, tristesse profonde!
Pourtant je souris, j'espère ici-bas :
Je n'ai pas trouvé, dans ce vaste monde,
Un seul cœur encore, ô ma douce blonde!
Qui t'eût rencontrée et qui n'aimât pas.

L'Attente

Mon âme est avant tout fille de la clarté :
J'aime du fier juillet les caresses brûlantes,
Ses rayons enivrants, ses gerbes éclatantes,
Et de ses lourds parfums la molle volupté.

D'où vient donc qu'aujourd'hui mon regard attristé
Trouve les cieux trop purs et les fleurs trop brillantes,
Que les chansons des bois me sont indifférentes,
Que pour moi les blés d'or ont perdu leur beauté ?

D'où vient que je voudrais, sous le vent qui l'emporte,
Voir à mes pieds soudain tomber la feuille morte,
Et le pâle novembre obscurcir le ciel bleu ?

Mais plutôt, ô mon cœur! d'où vient que je m'étonne?
Lorsqu'il mit sur mon front son long baiser d'adieu,
Ne m'a-t-il pas promis de venir à l'automne?

Souffles d'Orage

La falaise est droite et superbe,
Et le vent de la haute mer,
Comme un faucheur abat sa gerbe,
Y courbe l'herbe
D'un souffle amer.

Moi, contre qui le roc se dresse,
Et qui vais toujours en avant,
J'aime, quand parfois il me presse,
L'âpre caresse
De ce grand vent.

Il me repousse, et je m'obstine ;
Malgré son effort irrité,
Je gravis l'altière colline,
D'où je domine
L'immensité.

Ma vie ainsi je l'ai comprise :
Chemin hardi, falaise en fleur,
Puis, troublant mon âme surprise,
La rude brise
De la douleur.

J'aime cette haleine sauvage,
Que rien ne saurait apaiser,
Et qui souvent sur mon visage
Pose avec rage
Son froid baiser.

Je me sens grandir dans la lutte.
O vent glacé ! tu peux rugir :
Ce front, à ta fureur en butte,
De nulle chute
Ne doit rougir.

Mon pied est sûr et je m'élève;
Je vois reculer l'horizon...
Et j'ai, pour ce combat sans trêve,
Quitté ma grève
Et ma maison.

Michelet

O cœur humain ! où vit l'étincelle divine,
C'est toi que nous suivons, triste et sacré flambeau.
Sur le creuset brûlant le chimiste s'incline,
Et tressaille à l'aspect d'un atome nouveau ;
Et cependant, parfois, la jalouse science,
Qu'il croit avoir vaincue en un suprême effort,
Dans le cours dangereux de quelque expérience,
Par un gaz enflammé lui fait trouver la mort.
Le penseur fait de même en son œuvre hardie :
Penché sur notre cœur, il cherche, il étudie,
Dans leurs combinaisons, ses divers éléments ;
Son œil avide suit leurs moindres mouvements.

Mais, tandis que sa main hésitait, incertaine,
N'est-il pas arrivé qu'une flamme a jailli
Du bouillonnant creuset de la pensée humaine,
Et, terrible, a soudain frappé son front pâli?
Quel triomphe pourtant quand, du fond de notre être,
Il arrache à la fin un cri de vérité!
Un cri vraiment humain fut toujours écouté,
Et le plus ignorant peut alors s'y connaître.
Contraindre la nature à nous faire un aveu,
C'est l'œuvre du génie et son unique vœu.

Aussi, mort bien-aimé, dont le repos commence,
Tu fus plus que poète et plus qu'historien :
L'âme que tu sondas, que tu compris si bien,
Qui parla par ta voix, c'est l'âme de la France.
Michelet, nous pleurons sur ce marbre si beau
Par la main de Mercié sculpté pour ton tombeau.
Que, sur ton front pensif, la Muse de l'histoire,
Dans l'éternelle paix de ton dernier séjour,
Ainsi plane, et, tout bas te parlant de ta gloire,
T'entretienne parfois aussi de notre amour!
Tu le savais bien, toi, ce qui nous intéresse :
Tu savais qu'un empire en vain peut s'écrouler;
Que le sort des combats, qui vacille sans cesse,
Peut ici raffermir ce qu'il vient d'ébranler;
Que le monde vingt fois aurait changé de face

Sans que nul y prît garde, hormis quelques savants,
Si chaque événement, chaque siècle qui passe,
Ne mettait sous nos yeux des cœurs d'hommes vivants.
Ton livre, Michelet, ton livre ressuscite
Tout un peuple charmant, dès longtemps endormi;
La pierre des tombeaux, qui, pesante, l'abrite,
A ta voix tout à coup s'est levée à demi.
Nous le connaissions peu : quelques noms, des batailles...
Ces armures de fer qu'on voit sur nos murailles
Ne semblaient pas le soir plus rigides que lui;
Mais tu nous l'as rendu ! Ses espoirs, ses alarmes,
Ses haines, ses amours et ses secrètes larmes,
Dans tes écrits profonds palpitent aujourd'hui.
Ce sont moins les héros aux passions ardentes
Qu'on aime à retrouver dans tes pages vibrantes :
Ceux-ci, rares d'ailleurs, savent trop s'imposer,
Et nous avons appris ce qu'ils ont pu briser.
Mais que de nobles cœurs et que de fortes âmes,
Que de fronts gracieux, doux visages de femmes,
De l'ombre du passé s'avancent tour à tour !
Remontant, patient, des routes disparues,
Tu les ranimas tous, et, de leurs voix émues,
Tous ils t'ont murmuré leurs secrets en retour.

De ces temps, dont ta main remua la poussière,
Il en est un surtout qui devait te charmer ;

Celui-là vit toujours, il est plein de lumière...
Avec toi, comme toi, nous avons su l'aimer.
O dix-huitième siècle! ô splendeur! ô pensée!
Age où l'esprit humain voit sa majorité,
La trace qu'ici-bas ta charrue a laissée
Est un sillon divin où naît la liberté.

Ce siècle, Michelet, est celui que tu chantes...
Oui, tu chantes : ta voix prend un nouvel accent
Quand tu peins tour à tour et les grâces touchantes
Et l'héroïque effort de cet âge puissant;
Quand tu montres la France à ce moment unique
Où, sanglante, épuisée et tombant en chemin,
Elle se lève au cri de la jeune Amérique,
Oubliant ses douleurs pour lui tendre la main.
Nous sommes éblouis par une telle aurore;
Mais nous ne croyons pas, nous ne croirons jamais
Qu'à l'appel d'un seul homme un tel jour puisse éclore,
Et qu'on monte en une heure à de pareils sommets.

Oui, Voltaire fut grand : admirons son génie.
Certe, il a fait beaucoup... l'humanité, bien plus!
Car elle avait frayé, dans sa lutte infinie,
Les sentiers que plus tard, fier, il a parcourus.
Quoi! c'est « lui qui remit, par sa sublime audace,
« Dans nos débiles mains ce levier, l'action,

« Que le Christianisme, à notre pauvre race,
« Enlevait, l'énervant de contemplation » ?
Ah ! quand tu l'écrivis, hélas ! ce mot terrible,
Michelet, toi si vrai, ne songeais-tu donc pas
Que le grand Moyen Age eut aussi ses combats,
Et que le premier livre imprimé fut la Bible ?
L'action, l'action !... N'ont-il rien fait pour nous
Tous ces hommes qu'alors on voyait à genoux,
Contre la barbarie opposant la prière,
Et dans l'ombre du cloître allant vers la lumière ?
N'ont-il pas travaillé durant ces longues nuits
Où leurs fronts pâlissaient sur d'immortels écrits ;
Où, parmi les débris de l'antique science,
Ils cherchaient, sans que rien lassât leur patience,
Quelque faible rayon sous la cendre enfoui ?
L'action, l'action !... L'ont-ils donc ignorée
L'intrépide Colomb, Newton et Galilée ?
N'ont-ils pas fait Voltaire et son siècle inouï ?

Quand nous nous figurons, sur les rives du Gange,
Ce brahmine muet, qu'un devoir enchaina,
Et qui cherche, pensif, dans un repos étrange,
Dès ce jour l'éternel oubli du Nirvâna ;
Quand nous voyons, après un élan magnifique,
L'Arabe intelligent tout à coup s'arrêter,
Et laisser l'Espagnol s'asseoir sous le portique

Du superbe Alhambra qu'il lui fallut quitter;
Quand, plus loin, franchissant des milliers de lieues,
Dans de fertiles champs inondés de soleil,
Nous trouvons, à l'abri de ses montagnes bleues,
La Chine se berçant dans son profond sommeil;
Nous pensons : « Toute vie est pour jamais éteinte :
C'est la race, et surtout c'est la religion. »

Viens, Voltaire, apprends-nous par quelle forte étreinte
On peut dans ce sépulcre éveiller l'action!
C'est un principe antichrétien que tu nous donnes;
Nous vivions avant toi dans l'engourdissement.
Puisque la terre agit quand c'est toi qui l'ordonnes,
Parle, et qu'un mot de toi suffise seulement!
Non, non, il n'est pas vrai que la foi dans nos âmes
— J'entends la foi chrétienne — ait tué l'action!
Voltaire eut des écrits sublimes, et d'infâmes,
Et jamais il n'a fait de résurrection!

Et toi, qui, maintenant, dans ta tombe muette,
Appris le grand secret et ne peux nous parler,
Pardonne, ô Michelet! si mon âme inquiète,
Dans son ardeur farouche, ose ainsi te troubler!
Hélas! elle est si longue et si mélancolique
La route du hasard qui ne conduit à rien!
Grâce au ciel, de nos jours on n'est plus catholique :

Je voudrais espérer qu'on est encore chrétien.
Toi qui croyais en Dieu, qui lui léguas ton âme
Dans quelques mots touchants que nous avons tous lus,
Tu savais pourtant bien ce que c'est que la flamme,
Que, mise au seuil du temple, elle ne s'éteint plus.
C'est pour purifier que d'abord on l'allume;
Elle monte, et détruit quelques vains ornements,
Puis elle monte encor... L'autel qu'elle consume,
A nos yeux consternés n'est que débris fumants!...
Ceci, nous l'avons vu : le feu qui purifie
A creusé sous nos pas un abîme béant.
Que veut dire aujourd'hui le mot philosophie?
Nous n'avons qu'à choisir du Christ ou du néant.
Je choisis l'Évangile, et ne veux pas qu'on croie
Qu'en chemin pour cela je songe à m'arrêter;
Le genre humain poursuit sa glorieuse voie,
Au seuil de ma maison je ne veux pas rester!
C'est, en un mot, ceci que je désirais dire :
Nous voulons l'action, et pour l'éternité!
Voltaire nous outrage, et pourtant je l'admire,
Il crut sincèrement servir la vérité.

Pour un Ruban

VOULEZ-vous savoir quelle chose
Je viens, ce soir,
Pour un ruban, moins qu'une rose,
De recevoir.

C'est une chose précieuse
Bien plus que l'or;
Point ne me faut pour être heureuse
D'autre trésor.

Elle est immense, elle est profonde
Comme la mer;
Mais elle est douce ainsi que l'onde
Du ruisseau clair.

C'est un bien pareil au ciel même
Qu'a vu la foi :
C'est l'amour de celui que j'aime,
Il est à moi.

Mon ruban bleu, que c'est étrange !
Quelle valeur
Avait-il donc pour, en échange,
Donner un cœur ?

La couleur, certe, en est jolie,
Je l'ai porté...
Il m'a valu ce que ma vie
Eût acheté.

Trésors d'Amour

Tous les trésors que l'on envie,
Ton amour me les a donnés;
Désormais les jours de ma vie
En seront comme couronnés.

J'ai la puissance : mon empire
C'est toi qui te mets à genoux;
J'ai la beauté, si mon sourire
Vraiment, ami, te semble doux.

Moi qui savais si peu de chose,
J'ai de l'esprit dans mes discours,
Puisque avec toi lorsque je cause
Tu trouves les moments trop courts.

Je possède aussi des richesses :
A l'ombre des coteaux penchants,
Je puis te faire des largesses
Avec toutes les fleurs des champs.

J'aurai tes triomphes eux-mêmes,
Car tu deviendras un vainqueur.
Mais j'ai le bonheur si tu m'aimes,
Et mon plus cher bien est ton cœur.

Une Goutte d'Eau

Élément merveilleux, source, miroir ou flamme,
Flot d'azur, qu'un rayon du ciel peut embraser,
Dans ton sein palpitant tu dois cacher une âme,
Vive, douce pourtant, et prompte à s'apaiser.

Ne dit-on pas : « Changeant comme l'onde et la femme » ?
Contre le roc ému la mer vient se briser ;
L'écume que, farouche, élève chaque lame,
Sur les fleurs, dans la nuit, descend comme un baiser.

Roulant au flanc des monts, la cascade légère
Semble glisser gaîment sur les lits de fougère ;
Le ruisseau chante ou pleure à travers les forêts.

Rien n'a tant de pouvoir et rien n'a tant de charme.
O pure goutte d'eau ! qui dira tes attraits ?
N'es-tu pas l'Océan ?... N'es-tu pas une larme ?

Ce que répond l'Avenir

Ce monde était enfant, il devient homme fait.
Comparaison fort simple et fort juste. En effet,
L'âme en chacun de nous, pauvre, aveugle, incertaine,
Des ombres du berceau se dégage avec peine;
L'effort est nécessaire, et les progrès sont lents,
Et bien longtemps nos pas se traînent, chancelants.
Puis, tout à coup, l'aurore arrive; la lumière
Au fond de notre ciel monte, puissante et fière;
La force dans nos membres surpris naît soudain,
Et désormais nos pieds volent sur le chemin.
Cet âge est arrivé, dit-on, pour notre race :
Son enfance troublée est finie; elle passe

De ce temps d'impuissance à la virilité.
Mais, comme, dans sa course un moment arrêté,
Le jeune homme se tourne et sourit à ses rêves,
Avant de s'élancer dans la lutte sans trêves
Où la réalité, nue et rude, l'attend,
Le genre humain pensif s'attarde, hésitant,
Sur le seuil radieux de son adolescence.
O songes! ô candeur! ô sublime ignorance!
Avant de nous quitter, laissez-nous vous bénir.
Qui donc n'a souhaité parfois de revenir
Vers les illusions de ses jeunes années?
Méprisable faiblesse! A d'autres destinées
La science conduit notre sûre raison.
Un peu de brume encore obscurcit l'horizon,
Mais ce dernier nuage à chaque instant recule.
Le jour se lève enfin, jour pur, sans crépuscule,
Qui nous verra marcher dans l'absolu devoir,
Sans rêves, sans regrets, sans crainte et sans espoir.

Adieu, métaphysique! adieu, théologie!
Suivez dans le néant vos sœurs : l'astrologie,
L'alchimie au front blême, à l'œil ardent et creux...
Vous ferez de pitié sourire nos neveux.
— « Quoi! diront-ils, songeant à notre époque sombre,
Est-il donc vrai que l'homme, effrayé par son ombre,
Rêvant l'amour d'un Dieu, redoutant son courroux,

Devant le ciel muet ait plié les genoux?
Est-il donc vrai qu'étreint par la mélancolie,
Et las des voluptés de ce monde (ô folie!),
Épris d'on ne sait quelle étrange pureté,
Lui, matière, il se soit promis l'éternité? »

Et ce peuple nouveau, cet homme fait, ce maître
De la terre et de soi, ne pourra reconnaître
Sa nature, son cœur, son esprit, dans nos cœurs
Tourmentés, ni sa voix dans l'écho de nos pleurs.

La clarté règnera des palais jusqu'aux chaumes.
L'activité perdue à créer des fantômes
Servira désormais au bien universel.
Partout l'école s'ouvre où se dressait l'autel.
Les dieux avec les rois ont disparu. L'Église,
Haute, n'assombrit plus le champ, que fertilise
Le grand souffle du ciel, sans qu'humble serf courbé,
Le laboureur crédule à genoux soit tombé :
Car la pluie, où le sol joyeux se désaltère,
Au caprice de Dieu n'abreuve plus la terre.
Le savant, l'œil fixé sur les grands cieux déserts,
Voit le nuage au loin gonfler au sein des airs;
Sa source, il la connaît, et sa marche, il l'annonce.
Aucune voix pour lui ne reste sans réponse
Dans ce vaste univers, formidable et serein,

Que cachait l'ignorance avec son mur d'airain.

Vertu, tentation, péché : vaines formules!
L'homme ne traîne plus le poids des lourds scrupules;
Il suit sa volonté, marche droit devant lui,
Et, pour seule barrière, a l'intérêt d'autrui.
Là, mais là seulement, il s'arrête : où commence
Le droit sacré d'un frère, il met sa conscience.
Sa conscience!... Oui, ce juge, dont la voix
Nous fit plier jadis sous de si dures lois,
Ce témoin, ce tyran, était une statue
Qu'animaient nos terreurs, une ombre, qui s'est tue
Et s'est évanouie au grand jour; ses accents,
Contradictoires, sourds, n'ont été tout-puissants
Que pour avoir fondé l'équité. Le bien-être
De tous et de chacun, voilà notre seul maître :
Maître fait pour servir et non pour gouverner,
Car l'homme a désormais cessé de s'incliner.

Gloire, aube, vision éclatante et sublime,
Je te salue! Écarte, ô gardien de l'abîme,
Avenir, sphinx muet dont l'œil froid nous poursuit,
Écarte un seul moment ce voile fait de nuit,
Ombre qui sur nos fronts se déroule et s'allonge,
Couvrant l'inévitable, où nul regard ne plonge!
Laisse-nous pénétrer dans l'infini du temps;

Laisse-nous voir, à nous, les âpres combattants
Dont la force s'épuise et dont le sang ruisselle,
De quel rayonnement la victoire étincelle,
Et si nous luttons bien, et si nous frappons fort,
Et quel sera demain le prix de notre effort!...

— Homme, a dit l'avenir, je cède à ta prière :
J'entr'ouvre devant toi l'immuable barrière.
Franchis d'un seul élan l'âge obscur de la foi,
Avance, et dans tes fils, homme, reconnais-toi.

Que vois-je ? Est-ce bien là ce vainqueur, cet athlète ?...
Les dieux sont morts pourtant, la victoire est complète !

Dans un chemin désert, le long des bois, le soir,
Un passant soucieux et seul, vêtu de noir,
Emportant avec lui quelque amère pensée,
Marche, le regard fixe et la tête baissée.
C'est l'homme. La nature, elle, n'a pas changé.
Au loin, dans son lit, d'or et de pourpre frangé,
Se couche le soleil, imposant et superbe;
En haut, c'est le ciel pur; en bas, les touffes d'herbe,
Les lourds rameaux, chargés de feuilles et de nids,
La route blanche allant vers les lointains brunis,
Sur lesquels, gracieuse, et calme, et solennelle,
La douce nuit d'été pose déjà son aile.

Mais cet homme, où va-t-il? Il ne regarde pas
Les étoiles en haut ni les arbres en bas;
Il court, mais vers quel but? Il fuit, mais quel supplice?
Du secret des grands bois confident et complice,
L'air du soir baise en vain son front brûlant; en vain
Sous son pas fatigué sonne le dur chemin.
Quelle atroce douleur l'égare et le transporte?
Nous pourrons donc encor tant souffrir!... Mais qu'importe,
Nous souffrirons du moins sans prier, sans ployer!

Cet homme a vu la mort s'asseoir à son foyer.
Il l'a vue, aux beaux jours d'amour et de jeunesse,
S'approcher brusquement, épouvantable hôtesse!
Elle est entrée, et puis est ressortie, ô deuil!
Et, quand de sa demeure elle a quitté le seuil,
Elle emportait sa joie et son cœur, ô torture!
C'est pourquoi, voyez-vous, il erre à l'aventure,
Sans savoir que là-bas le jour éblouissant
S'éteint, et que déjà la nuit pâle descend,
Et sans voir la forêt, les champs, la route blanche,
Coupes où par torrents son désespoir s'épanche.
Le ciel est vide, et puis la terre est vide aussi!...

Homme, en ton cœur saignant cache ton noir souci;
Rien ne peut l'arracher de ton sein... Il te brûle!
Prends garde! il ne faut pas qu'un seul de nous recule.

Souffre... Accepte le mal, sombre, mystérieux.
Souffre... Ne lève pas ton regard vers les cieux!

Le voyageur s'arrête, épuisé, hagard, morne.
Il vient de rencontrer, dans l'espace sans borne,
Un objet qui, fixant son esprit éperdu,
A la réalité des choses l'a rendu.
Il contemple à ses pieds, dans les ronces, le lierre,
Un débris singulier, une épave, une pierre,
Qui, se dressant vers lui parmi l'épine en fleur,
Semble avoir quelque chose à dire à son malheur.
L'homme, étonné, regarde; il met sa main glacée
Sur son front, y sentant revenir la pensée;
Il se dit : — « Je connais ceci, j'ai vu déjà
Ce lieu, ces monuments que le temps ravagea,
Accomplissant son œuvre impitoyable et juste.
Ce champ, où croît le houx près du genêt robuste,
Étant un cimetière antique et retiré,
Par d'horribles semeurs vit son sol déchiré;
Et là, sur tous les morts étendus, froids et blêmes,
La superstition avait mis ses emblèmes.
Jeune, j'étudiai ces erreurs d'autrefois. »

La pierre que cet homme a vue est une croix.
Debout, où le mépris et l'oubli l'ont laissée,
Elle est là, de l'ortie âprement caressée,

Dominant le désert sauvage, et les deux bras
Étendus vers quelqu'un que l'on n'aperçoit pas;
Du couchant qui s'embrase un rayon l'illumine.
L'homme en deuil, de ses yeux sans larmes, l'examine.
Et le marbre pensif et le cœur douloureux
Causent; un dialogue étrange naît entre eux.
— « Viens, j'ai tant consolé! dit la croix. La souffrance
Si souvent à mes pieds a créé l'espérance.
Mon bienfaisant aspect jadis a su guérir
Tant de maux! Et j'ai vu tant de pleurs se tarir!
Viens, car l'immense amour d'un Dieu m'inspire et m'aide,
Et peut-être ai-je encor pour toi quelque remède... »

— « Non, lui répond le cœur qui n'a point consenti.
Ta voix douce durant des siècles a menti,
O croix! Et j'aime mieux mon désespoir farouche,
L'horreur, le néant sombre où le trépas nous couche,
Que ton rêve insensé, si trompeur et si beau,
Et ton ombre importune, ô croix! sur mon tombeau. »

Et le marbre attristé, d'où le jour se retire,
A repris :

— « Je sais bien que le néant t'attire,
Que tu marches sans peur vers cet horizon noir,
Et que pour toi l'orgueil est plus cher que l'espoir.

O cœur d'homme! je sais tout cela. Mais écoute :
Voyageur, où donc est ta compagne de route?
Car tu n'étais pas seul hier en ce chemin,
Et quelqu'un t'y suivait, qui t'a quitté la main. »

— « Oh! dit-il, pourquoi me parler de la sorte?
Tais toi. C'était mon sang et mon âme. Elle est morte. »

— « Elle vit, » dit la pierre.

Et l'homme, se baissant,
Dans le dernier reflet du jour disparaissant,
Lit ces mots, dont le sens éblouit sa prunelle :
Croyez, je suis l'amour et la vie éternelle.

Alors se prosternant, il crie :

— « O sainte croix!
Je suis vaincu! Je puis aimer encor... Je crois! »

Trois Choses

Il faut à l'étoile
La nuit sans brouillard ;
Il faut à la voile
L'océan hagard.
Tout cherche et réclame,
Esquif, astre ou flamme...
Il faut à mon âme,
Il faut ton regard.

Il faut à la plante
L'eau pour l'arroser ;
Au vent de tourmente,
Le cèdre à briser.

Nul mal, nulle fièvre
D'espoir ne nous sèvre...
Il faut à ma lèvre,
Il faut ton baiser.

Il faut le mystère
Au nid, doux séjour;
A la cime altière,
Le salut du jour.
L'heure qu'on envie
Bien vite est ravie...
Il faut à ma vie,
Il faut ton amour.

Paris sous la Neige

Il neige beaucoup cette année;
Paris serre frileusement
Contre son épaule inclinée
Un doux manteau, chaste et charmant.

A la voir, de blancheur ornée,
On pourrait croire — injustement —
La coquette ville gênée
Dans son nouvel ajustement.

Plus de fête, plus de tapage.
Eh quoi! Paris peut être sage?
C'est impossible en vérité!

Non, car le pauvre souffre et pleure;
Et la cité grave, à cete heure,
A pour plaisir la charité.

Décembre 1879.

Souvent Femme varie

La mer capricieuse et belle
Déroule ses flots infinis;
Tu la regardes et te dis :
La femme est changeante comme elle.

Et toi, n'as-tu point oublié ?
Écoute-bien, la mer soupire...
Songeais-tu qu'un mot peut suffire
Pour que notre cœur soit lié ?

Si tu l'as dit, ce mot suprême,
Rien qu'une fois et pour jamais,
Condamne-moi, je me soumets :
Tu sais vraiment comment on aime.

L'Église de la Madeleine

L'HEURE du Bois. Avril sourit dans l'azur pâle.
Le soleil a bondi hors de la vue opale,
Enivrant tout Paris de son rayonnement.
Le boulevard présente un long scintillement
Formé par les lueurs blanches des équipages;
Des vernis, des aciers luisants des attelages,
Partent des feux croisés, rapides, aveuglants;
Les satins des coupés ont des reflets sanglants,
Fauves ou bleu royal; et, sur ces fonds splendides,
Se détachent, les uns adorables, candides,
Les autres nobles, fiers, d'autres fous et mutins,
Comme des visions, des profils féminins.

C'est l'éblouissement des regards et de l'âme :
Après le beau cheval, vient la charmante femme;
L'œil n'est jamais hardi s'il veut les admirer ;
Tous deux également sont là pour se montrer.
La bête aux membres fins, à la souple encolure,
Qui s'irrite du mors et frémit, dont l'allure
Est ce pas relevé, cadencé, du pur-sang,
Semble jouir du cri qu'elle excite en passant,
Et, superbe, pourtant le dédaigner. Pour elle,
La femme, elle recueille en sa vive prunelle,
Dont les cils demi-clos dérobent la clarté,
Tous les ardents éclairs qu'allume sa beauté.
Dans le flot élégant le phaéton domine :
Le regard en avant, le corps droit, haute mine,
Grave, et très soucieux de l'effet qu'il produit,
Tendant la double rêne, un jeune homme conduit;
Derrière, bras croisés, est le groom impassible.
Tout frissonne et tout rit; car il est impossible,
Au bord vertigineux battu par ce torrent,
De ne pas tressaillir et d'être indifférent;
Au sein du tourbillon se perd la rêverie,
Et Paris vous emplit le cœur de sa féerie.

Pourtant l'impression passe et s'efface encor.

Au-dessus de la foule, au fond, comme un décor

Immobile, bornant la scène tourmentée,
Cette scène troublante et si mouvementée,
La grande Madeleine élève son front pur,
Une ligne brisée et calme dans l'azur.
L'impassibilité sereine est dans sa grâce :
Elle, qui reste, observe en repos ce qui passe.

Que de fois je t'ai vu! Sous quels aspects divers,
O temple grec, à qui j'ai dédié ces vers!
Que de fois je t'ai vu! L'hiver, quand une brume
Fine comme l'encens dont la vapeur parfume
Tes autels, mais glacée et triste, t'entourait,
Et qu'un jour gris sous tes colonnes se mourait;
Le soir, les soirs d'été, lorsque la lune blanche
Surgissait tout à coup, éclairant chaque branche,
Chaque détail saillant des chapiteaux touffus,
Et lançait ses rayons entre les sombres fûts;
Le matin, quelquefois, pendant l'heure morose
Où Paris se réveille : une lumière rose,
Un vrai voile d'aurore, ondoyant et léger,
Alors t'enveloppait, et tu semblais songer.
Je t'aime, et j'ai voulu te l'exprimer, ô temple!
Je t'aime!... non pas seul. Lorsque je te contemple,
Je crois voir, défilé de spectres imposants,
Tous ces fiers monuments radieux que les ans
Ont épargnés, et qui de toutes parts se dressent;

Tour à tour, devant moi, pensifs, ils apparaissent :
Moi, le court présent; eux, le passé, l'avenir.
La merveilleuse église et le rude menhir;
Tadmor, étrange amas de colonnes tronquées;
Rome, offrant ses tombeaux; le Caire, ses mosquées;
Athènes, l'Acropole; et ce groupe géant
Qui s'élève, parleur d'orgueil et de néant,
Les Pyramides. Puis, relisant ce poème,
Qui contient la pensée insondable et suprême
Du genre humain, je sens un immense désir,
Très puissant, dans le fond de l'âme me saisir :
Je voudrais célébrer dignement la matière
Dont la fidélité nous garde tout entière
La voix des temps passés, la pierre au sein profond.
Nos accents sont mortels; un siècle les confond
En un même silence, en une même tombe.
Qui dira tout ce qui dans cet abîme tombe?
Cris d'espoir, chants d'amour qu'on n'a plus retrouvés...
La plume ou le pinceau ne les ont pas sauvés.
Mais la pierre, instrument divin, la pierre forte,
Héroïque et constante, au travers du temps porte,
Avec son grand appel à l'immortalité,
Le cœur tout frémissant de notre humanité.

Le livre lui succède, a-t-on dit : car le livre
Est le rayon d'en haut, qui transforme et délivre,

Et ressemble au regard de Dieu quand il bénit.
Le livre a tout; il est plus fort que le granit,
Plus vivant que le marbre aux veines palpitantes;
Les ogives, les nefs, bégayent, hésitantes,
Quand sa voix formidable a retenti; souvent
Même, comme l'on voit, lorsque passe le vent,
Les arbres se courber et voler la poussière,
Le souffle ardent du livre a renversé la pierre;
Et le mur, tout à coup sur sa base ébranlé,
Frémit, parce qu'on dit que le livre a parlé.
Ce n'est plus l'instrument saisi par la pensée,
C'est vraiment la pensée elle-même; effacée,
Timide, périssable et faible jusque-là,
Dans le livre on l'entend s'écrier : « Me voilà! »
On la voit se dresser, fière, et jetant ses voiles,
Et rayonner ainsi que ses sœurs les étoiles.
Spectacle de grandeur sans bornes! Cependant
Le flot majestueux fait le gouffre grondant
Si la sombre tempête agite ses abîmes.
Sous le vaste courant de vérités sublimes
Épanché sur le monde, et coulant à pleins bords
Dans le lit qu'ont creusé lentement tant d'efforts,
Que de noirs tourbillons, que de vagues livides
Se tordent, rugissant, de naufrages avides!
Que d'antres ténébreux, que de monstres impurs,
Que de piéges, grand Dieu! dans ces bas-fonds obscurs!

Cette onde étincelante, où des lumières jouent,
Couvre l'écueil sinistre où les âmes échouent.
Une âme qui s'enfonce et qui sombre, ô douleur!
Le livre est tout ceci ; le livre a ce malheur
Et cette gloire. Il est ce gigantesque fleuve
Où la raison se change en onde, où l'on s'abreuve,
Où l'on trouve la force et la vie ; où l'amour,
La liberté, la foi, l'espérance, le jour,
Le ciel et l'infini s'épandent... Puis, mystère!
Il est le marécage infect et solitaire,
Où la mort gagne, lente, implacable; où la nuit,
La haine et le néant font leur œuvre sans bruit.
Le livre est l'eau limpide et le livre est la fange.
Il est parfois le glaive auguste de l'archange,
Et parfois le poignard hideux de l'assassin...
Terrible et rassurant dans son double dessein.

La pierre, elle, n'a pas d'alternative sombre :
Elle prend la clarté splendide et laisse l'ombre,
Quand la pensée en feu se donne. Au fond du ciel,
Dans l'azur bienveillant et providentiel,
Elle porte très haut le vœu qu'on lui confie.
Elle ne cherche point quelle philosophie
Est la meilleure, ni si le savoir humain
A la religion pourra donner la main
Plus tard, à quelque époque imprévue et lointaine ;

Pourtant elle paraît, dans son calme, certaine
Qu'une âme vit en nous et qu'elle lui parla.
Elle semble connaître encor plus que cela,
Et d'un regard profond, mystérieux, paisible,
Contempler quelque chose au loin, dans l'invisible.
Le livre doute, mais la pierre affirme et croit;
Tandis qu'il erre et lutte, elle rêve, elle voit.
Elle ne redit point de notre pauvre terre
Tous les chuchottements : elle a la voix austère,
Infatigable et douce. Au pied du Parthénon
Il devient impossible au cœur de dire : Non.
Ce marbre a le secret des longues confiances;
Il sourit, grave et pur, à nos impatiences,
Lui qui porte à son front empreint de majesté
Comme un rayonnement vague d'éternité.

O pierre! ô monuments dressés sur nos collines!
J'aime à venir m'asseoir dans vos ombres divines,
A laisser mon regard monter, monter encor
En suivant une ligne au simple et grand essor.
Mon âme qui s'émeut comprend votre silence;
Vers vos frontons hardis alors qu'elle s'élance,
Elle ne craint jamais de retomber. L'oiseau,
Qui suspend son nid frêle aux courbes d'un arceau,
Peut seul croiser parfois sa route solennelle,
Et rien n'est importun dans le bruit de son aile.

Pantoum d'un Amant

Sous ma fenêtre ensoleillée,
Un vieil orgue chante, criard.
Je me rappelle une veillée;
Ma vitre avait un chaud brouillard.

Un vieil orgue chante, criard,
Sous la main qui tourne et se lasse.
Ma vitre avait un chaud brouillard,
Le thé fumait dans notre tasse.

Sous la main qui tourne et se lasse,
Un air monte, air des jours anciens.
Le thé fumait dans notre tasse;
Tu fredonnais, je m'en souviens.

Un air monte, air des jours anciens,
Celui qu'aimait ma bien-aimée.
Tu fredonnais, je m'en souviens,
O chère bouche parfumée!

Celui qu'aimait ma bien-aimée,
Celui qui m'allait droit au cœur.
O chère bouche parfumée,
Que ton sourire était moqueur!

Celui qui m'allait droit au cœur,
Me rendant tout pâle d'ivresse.
Que ton sourire était moqueur
Alors, ma douce enchanteresse!

Me rendant tout pâle d'ivresse...
L'orgue le gémit à présent;
Alors, ma douce enchanteresse,
Tu l'achevais en me baisant.

L'orgue le gémit à présent.
Où sont-ils donc, mes soirs de joie?
Tu l'achevais en me baisant,
Moi, ton serf, ta chose, ta proie.

Où sont-ils donc, mes soirs de joie?
Sont-ils bien finis pour jamais?

Moi, ton serf, ta chose, ta proie,
T'ai-je dit combien je t'aimais ?

Sont-ils bien finis pour jamais
Mes longs rêves, l'âme éveillée ?
T'ai-je dit combien je t'aimais,
Sous ma fenêtre ensoleillée ?...

L'Art Consolateur

A Mlle A. B.

Vous chantez : votre voix de perles qu'on égrène
Sur le sein frémissant d'une coupe en cristal,
Fait vibrer plus d'un cœur, écho sentimental,
Dans nos réunions dont vous êtes la reine.

Gardez à l'harmonie ineffable et sereine,
Dans le fond de votre âme, un noble piédestal.
La vie est un combat lamentable et fatal;
Mille ossements brisés en parsèment l'arène.

Vous souffrirez sans doute... Alors chantez aussi !
Le Dieu qui nous créa ne fut pas sans merci,
Il mit un contrepoids aux douleurs éperdues

Car il penche vers nous, brusquement apaisés,
Du haut de ses cieux, l'Art, les mains toujours tendues,
Le grand consolateur aux dons inépuisés.

Un Regard à ceux qui travaillent

La grande maison neuve est presque terminée,
En face de chez nous, et, sur la cheminée
La plus haute, en chantant, les maçons ont hier
Arboré leur drapeau, tout coquet et tout fier.
J'ai suivi leur travail pendant plusieurs semaines :
Luttes, efforts, dangers, fatigues surhumaines,
J'ai tout compté; j'ai vu les fronts bruns ruisselants,
Les bras tendus, les reins quelquefois chancelants
Sous la pierre massive ou sous la poutre énorme;
J'ai vu le bâtiment lentement prendre forme,
Et se dresser, sortant de cette activité,
Avec ses larges murs et sa solidité.

Il est là, maintenant, incomplet, mais superbe.
Au lieu du terrain vague où se flétrissait l'herbe,
Où les chiens combattaient pour d'immondes repas,
Près duquel les passants, le soir, hâtaient le pas,
Inquiets des vides noirs trouant sa palissade,
C'est l'habitation à la vaste façade,
Aux flancs hospitaliers, que peuplera bientôt
Devant, au fond, partout, et du bas jusqu'en haut,
La vie, un monde entier en huit ou dix familles.
On l'achève ; déjà l'on dispose les grilles
Des balcons ; les sculpteurs creusent de leur ciseau
Le calcaire, cachant d'un gracieux réseau
Chaque angle ; et, sur le toit aux dangereuses pentes,
De hardis ouvriers, pour couvrir les charpentes,
Étendent le métal bleuâtre et reluisant ;
Ils vont, viennent, légers, sous les ais se croisant,
Comme les gais oiseaux de cette immense cage.
Un mur tout blanc de chaux s'offre comme une page :
Sur lui le Temps n'a pas encor posé le doigt;
Le soleil, qui poursuit son œuvre ainsi qu'il doit,
Et met de sa clarté sur la plus humble chose,
Le pare, en se couchant, d'une teinte de rose,
Tout comme il fait au loin pour la neige des monts.

La bâtisse pourtant paraît à des démons
Avoir été livrée, et ses sombres entrailles

Frémissent sans répit au fracas des ferrailles;
Les chaînes, se tordant, grincent; les marteaux lourds
Montent, tombent; le bruit de leurs battements sourds
Forme, dans cet orchestre effroyable, la basse,
Et la petite flûte aiguë et qui dépasse
Est le solo féroce, âpre, le cri strident,
De l'instrument de fer dans la pierre mordant :
C'est une symphonie à briser les oreilles!

N'importe! Je connais bien peu d'œuvres pareilles
A celle que j'ai vue, en ces jours de juillet,
Dans ces jours embrasés, et sous le dur reflet
Du ciel bleu plein de traits à l'ardente blessure,
Naître, éclore et monter, infatigable et sûre.
C'est avec intérêt que je la vis grandir.
Et je donne à mon vers mission d'applaudir
Ces maçons, ouvriers obscurs, aux blouses blanches,
Aux cœurs vaillants, aux bras robustes, aux mains franches,
Qui jouèrent pour moi ce drame du labeur.
Oui, pour moi seulement, peut-être : car j'ai peur
Qu'une si grande scène, hélas! ne soit comprise
De peu; qu'on ne l'oublie ou qu'on ne la méprise,
Et qu'on ne vienne pas assez souvent s'asseoir
Et méditer au banc que je quitte ce soir.
Il est étroit ce banc, mais non pas court; la place
N'y manque pas : nombreuse est à travers l'espace

La foule des lutteurs, des utiles, des forts.
Il serait bon de voir de plus près leurs efforts;
Il serait bon, pour ceux qui dorment et jouissent,
Ames qui dans la chair et la nuit s'enfouissent,
Pour les pâles oisifs aux membres énervés,
De lever leurs regards attachés aux pavés,
Et de suivre là-haut, dans la brise qui fouette,
Du maçon au travail la rude silhouette.

Nos Larmes

Pourquoi donc m'as-tu dit pendant cette heure amère
Et douce, où de ton cœur s'écoulant dans le mien,
Ta douleur, flot à flot, s'épanchait tout entière,
Pourquoi donc m'as-tu dit : « Tu ne me réponds rien » ?

N'entendais-tu donc pas, à tes cris de souffrance,
Dans le fond de mon être un écho retentir ?
J'aurais crains, en parlant trop vite d'espérance,
D'avoir guéri ta peine avant de la sentir.

Peut-être n'ai-je point pourtant compris mon rôle.
Hélas ! Je t'ai laissé partir inconsolé !...
Mais, lorsque tu pleurais, le front sur mon épaule,
Que mon sein se gonflait, de tes larmes brûlé,

Je voulais, jusqu'au bout épuisant ta détresse,
Dans son propre calice à longs traits m'abreuver;
Ta douleur me versait comme une étrange ivresse :
Tout ce que tu souffrais, je voulais l'éprouver.

Ainsi je me taisais ; mon égoïsme sombre
Jouissait de ces pleurs que répandaient nos yeux,
Et si j'en oubliais l'amertume et le nombre,
C'est qu'alors je songeais : « Nous nous en aimons mieux. »

Et tu t'es alarmé, vraiment, de mon silence ?
Quels moments, ô mon Dieu ! Que tu pressais ma main !
Tout près, le laurier-rose où la fleur se balance
Riait au grand soleil inondant le chemin.

Le temps était si beau ! L'adorable nature,
Captive en ces jardins aux massifs embaumés,
Les rameaux abritant notre chère aventure,
Jusqu'aux marbres pensifs, tout murmurait : « Aimez. »

Aimez !... Et nous restions muets, le regard morne ;
Aimez !... Et nous allions, ô ciel ! nous dire adieu ;
Et tout nous séparait dans l'avenir sans borne ;
Et notre pauvre amour tremblait sous le ciel bleu.

Tandis que les gazons, les urnes, les parterres,
Parlaient ce doux langage à notre œil ébloui,

Dans l'ombre, autour de nous glissaient de froids mystères,
Le monde disait : « Non », lorsque Dieu disait : « Oui ».

Oh ! nous écouterons Dieu, les fleurs, la fontaine
Dont le bord tout noirci par la mousse est rongé,
Et nous verrons tourner la fortune incertaine...
Mais ne te montre plus ainsi découragé !

Ne sens-tu pas grandir, plus vivant dans l'épreuve,
Cet amour pur et saint qui nous lie à jamais ?
Le malheur aujourd'hui roule, sinistre fleuve,
Ses torrents sur nos fronts : eh bien, je m'y soumets !

Car nous triompherons, luttant avec courage ;
Nous saurons être heureux, ayant beaucoup souffert,
Comme l'on sait trouver, au sortir d'un orage,
Les prés plus éclatants, le feuillage plus vert.

Notre sentier n'est point si rude qu'il te semble :
Il est étroit, aussi nous confondons nos pas ;
Nos pleurs n'ont rien d'affreux, nous les versons ensemble.
Ami, ne me dis plus : « Tu ne me réponds pas! »

Paysages Normands

I

L'HERBAGE

L'HERBAGE se déroule, arène de verdure;
Il ondule et s'étend comme un tapis soyeux;
Des arbres élevés, en formant sa ceinture,
Le bornent à mes yeux.

Au fond, les vieux ormeaux et les hêtres splendides
Font un double rideau, dont les plis éloignés
Flottent, vagues et gris, de poussières humides
Entièrement baignés.

On voit se détacher, rousses, brunes ou blanches,
Sur le vert infini, les robes des grands bœufs.
Aucun bruit : le zéphyr sommeille dans les branches
Et sur les lits herbeux.

Le soleil ne luit pas sur ce doux paysage :
Un jour triste et discret tombe du ciel voilé ;
Le rêve habite ici, pur et pâle visage,
Front toujours étoilé.

On croit l'apercevoir, errant sur les fougères
Où le cheval normand plonge jusqu'au garrot,
Où danseraient encor les nymphes si légères
Du pinceau de Corot.

L'ombre au pied des taillis plus profonde se creuse ;
Le regard y pénètre et ne peut la quitter :
C'est comme un réduit sûr où l'âme douloureuse
Aimerait s'abriter.

Rien qui ne soit charmant, paisible et qui ne plaise,
Jusqu'au ruisseau, très clair entre deux bords boueux ;
Un tilleul renversé, pour le franchir à l'aise,
Offre son tronc noueux.

Pré vaste sous le ciel nuageux, solitude
Où le bœuf, humble et fort, d'un geste est écarté,

Où le poulain, qu'un son remplit d'inquiétude,
Galope en liberté!

Feuillages assoupis, calme, fraîcheur, délice!
Mon cœur est un miroir, cette image y descend...
Ah! faut-il qu'il s'éloigne et ne s'en embellisse
Qu'un moment en passant!

II

LES POMMIERS

Ils sont drôles!... Les uns, comme de vieux athlètes,
Inclinent vers le sol leurs bras durs et lassés,
Et paraissent rêver, pauvres pommiers squelettes,
Aux automnes passés.

Les autres, en grand nombre, élargissent, superbes,
Un dôme très léger de feuillage et de fruit;

La pomme s'en détache, et, dans les touffes d'herbes,
Roule avec un doux bruit.

D'autres enfin, petits, dont la branche se livre,
Toute frêle, au zéphyr qui la courbe en arceau,
Ont la grâce de tout ce qui commence à vivre :
Aube, enfant, arbrisseau.

Leurs pieds sont enfouis dans une herbe ondoyante;
Leurs troncs gris sont brillants aux rayons du soleil;
Ils sont là par milliers, sur la pente fuyante,
Jusqu'au lointain vermeil.

C'est une variété de formes fantastique!
Et l'on songe, à les voir debout, penchés, rompus,
A des tours d'une étrange et folle gymnastique
Soudain interrompus.

Aussi l'impression sortant de cette foule
D'arbres aux chauds parfums, aux gestes éperdus,
Lorsqu'on sent palpiter la sève qui s'écoule
Dans leurs membres tordus,

C'est celle d'une vie intense, débordante,
Un désir, qui nous prend soudain, d'activité :
Tant semble contenir de passion ardente
Leur immobilité.

III

LA MER

Je m'étais dit : Comment pourrais-je parler d'elle ?
Tant d'illustres pinceaux ont rendu sa beauté !
Les miens sont bien légers, et pour eux ce modèle
A trop de majesté.

Puis, voulant admirer et songer, sans rien peindre,
Je descendis le long du jardin, pas à pas ;
Avant que de la voir, je l'entendais se plaindre
Et soupirer tout bas.

Et sa voix n'avait rien de farouche, d'austère ;
Les accents en étaient graves, mais sans courroux :
Des chocs sourds, et parfois, à travers leur mystère,
Un ruissellement doux.

Soudain je l'aperçus, dans la brusque ouverture
Des sapins noirs, croissant jusqu'au bord du talus ;

Plus bas, les tamaris dépassent la clôture
Aux piquets vermoulus.

Là, je vins m'accouder dans la vive lumière
Qui fait la grève d'or et les vagues d'azur;
Une barque passait, ouvrant, fragile et fière,
Sa voile d'un blanc pur.

Et de petits enfants jouaient sur le rivage,
Amoncelant le sable avec de grands efforts,
Pour voir après le flot, qui gronde et qui ravage,
Briser leurs châteaux forts.

Dans le gazon flétri qui recouvre les dunes,
Le grillon réchauffé chantait joyeusement;
Et, quand le vent soufflait, les longues tiges brunes
S'agitaient un moment.

Et je ne pensai plus, ô mer simple et rieuse!
Qu'il est de durs récifs et des gouffres béants :
Car ta brise n'est point l'haleine furieuse
Des sombres océans.

Tu ne t'irrites point, ô mer de Normandie!
Contre un mur de granit par le flot lourd heurté :
C'est sur un sable fin que ta vague attiédie
Roule avec volupté.

Tu n'inspires jamais de rêverie amère,
Mais, sur ta nappe bleue à la frange d'argent
L'esprit en liberté suit de loin sa chimère,
Qui va toujours changeant.

Que d'heures, que de jours pleins de molle paresse
Nous avons tous passé, songeurs silencieux,
Couchés, et de ton souffle attendant la caresse,
La face vers les cieux !

Que de voix nous croyions saisir dans tes murmures !
Voix chères, qui venaient vers nous avec le flux,
Qui, dans le bruit des flots, le frisson des ramures,
Hélas ! ne parlent plus.

T'ayant revue ainsi, tranquille, familière,
Entre les tamaris, dans le jour éclatant,
O mer ! j'osai mêler ma strophe régulière
A ton rythme inconstant.

Table des Matières

Paris. — Charles Unsinger, imprimeur, 83, rue du Bac.

www.ingramcontent.com/pod-product-compliance
Lightning Source LLC
LaVergne TN
LVHW012014220826
846092LV00001B/346

* 9 7 8 2 3 2 9 7 5 8 6 2 6 *